历代笔记小说大观

括异志
倦游杂录

[宋] 张师正 撰　傅成　李裕民 校点

图书在版编目（CIP）数据

括异志　倦游杂录／（宋）张师正撰；傅成　李裕民校点.
—上海：上海古籍出版社，2012.11（2023.8重印）
（历代笔记小说大观）
ISBN 978-7-5325-6372-2

Ⅰ.①括… Ⅱ.①张… ②傅… ③李… Ⅲ.①笔记
小说-小说集-中国-宋代 Ⅳ.①I242.1

中国版本图书馆 CIP 数据核字（2012）第 045507 号

历代笔记小说大观

括异志　倦游杂录

［宋］张师正　撰

傅成　李裕民　校点

上海古籍出版社出版发行

（上海市闵行区号景路 159 弄 1-5 号 A 座 5F　邮政编码 201101）

（1）网址：www.guji.com.cn

（2）E-mail：guji1@guji.com.cn

（3）易文网网址：www.ewen.co

常熟文化印刷有限公司印刷

开本 635×965　1/16　印张 8.25　插页 2　字数 108,000

2012 年 11 月第 1 版　2023 年 8 月第 2 次印刷

印数：2,101—3,200

ISBN 978-7-5325-6372-2

I·2526　定价：22.00 元

如有质量问题，请与承印公司联系

总　目

括 异 志

[宋] 张师正　撰

傅　成　校点

校 点 说 明

  《括异志》十卷，宋张师正撰。师正字不疑，襄国（今河北邢台）人。《宋史》无传，据《续资治通鉴长编》、《临川先生文集》、《东轩笔录》等书记载，张师正进士及第，多任武职，曾知宜州，为英州刺史、荆州钤辖。又据宋释文莹《玉壶清话》，知英宗治平三年（1066），张师正为辰州帅，年方五十，至神宗熙宁十年（1077）仍在世，已六十二岁。卒于何时，不得而知。晁公武《郡斋读书志》云："师正擢甲科，得太常博士。后宦游四十年，不得志，于是推变怪之理，参见闻之异，得二百五十篇。魏泰为之序。"则此书当是张师正晚年的作品。《邵氏闻见后录》引王铚语，谓此书乃魏泰所作而假名于张师正，但是王铚没有提出确切证据，尚难定论。今仍归于张师正名下。

  本书记述北宋时期的奇闻异事，篇末多说明故事来源，以示可信。故事主角为当代人物，其事则多荒诞不经，实无可信者，但在一定程度上折射出当时的社会现状。文字描写比较简略，缺少文采。书中有的故事对后代传奇小说产生影响，今人指出，卷二"张郎中"、"张职方"二条与《醒世姻缘传》中某些情节相仿佛；卷三"王廷评"条即是王魁负桂英故事的本事；卷十"钟离发运"条为《醒世恒言》中"两县令竞义婚孤女"故事的来源等，因而引起人们的重视。

  《括异志》最早见录于《郡斋读书志》，但是书名作《括异记》（衢州本），一作《括异志纂》（袁州本）。陈振孙《直斋书录解题》录作"《括异志》十卷，《后志》十卷"。今传本没有《后志》，最早为明正德十年抄本。此本据宋本传录,无魏泰序,共一百三十三篇,较《郡斋读书志》所云二百五十篇少了一百十七篇,可以肯定不是完帙。《四部丛刊》续编曾据以影印。此次整理,以《四部丛刊》续编本作底本,校以四库全书存目丛书所收南京图书馆藏另一明抄本,并参校《类说》、《说郛》所载各条,如有异文,择善而从,不出校记。又从《说郛》中辑得该书佚文七条,附于书末。《说郛》(宛委山堂本)所载"杜紫微"条,乃见于唐李绰《尚书故实》,疑误收,故不录。限于学力,整理工作容有不当之处,敬请读者指教。

目　　录

卷第一

宋 州 狂 僧

太祖仕周日，尚未领宋州节钺。时有狂僧，携弹走荆棘中，顾谓人曰："此地当出天子。"又显德末，一人青巾白衫，登中书政事堂。吏批其颊，曰："汝是何人，敢至此！"其人曰："宋州官家遣我来擒见宰相范质。"质曰："此病心耳，安足问。"遂叱去。其后太祖果自归德军节度使受禅，遂升宋州为应天府，后号南郡。一名南京。事具国史。

黑 杀 神 降

开宝中，有神降于凤翔府俚民张守真家，自称玄天大圣玉帝辅臣，其声婴儿，历历可辨，远近之民祷祠者旁午。太祖召至京师，设醮于宫廷。降语曰："天上宫阙成，玉锁开，十月二十日，陛下当归天。"艺祖恳祈曰："死固不惮，所恨者幽、并未并。乞延三数年，俟克复二州，去亦未晚。"神曰："晋王有仁心，历数攸属，陛下在天，亦自有位。"时太宗王晋，为开封尹。太祖命系于左军，将无验而罪焉。既而事符神告，太宗践祚。度守真为道士，仍赐紫袍。遂营庙于盩厔之太平镇，神位次序、殿庑规模一由神授。仍尊黑杀，号为翊圣。至仁宗朝，追谥守真为传真大法师。事见《翊圣别传》。

来 和 天 尊

刑部尚书杨公砺为员外郎时，常梦人引导，云谒来和天尊。及见天尊，年甚少，睟穆之姿若冰玉焉。杨公伏谒，天尊慰藉之甚厚。及觉，莫谕其事。后章圣皇帝育德储闱，尹正神州，杨公入幕，始谒而归,语诸子弟曰:"吾适谒皇太子,乃吾顷梦来和天尊之仪状也。"事在砺本传。

乐 学 士

乐学士史景德末为西都留台御史。尝梦一人,具冠服,称帝命来召。共行十余里,俄见宫阙壮丽,殆非人世。因问使者,云:"此帝所也。"既陛见,帝谓曰:"而主求嗣,吾为择之,汝姑伺此。"少选,导一人至,气色和粹,似醺酣状。帝谓曰:"中原求嗣,汝往勿辞。"即顿首祈免者再三。帝曰:"往哉,惟汝宜。"遂唯而去。旁拱立者谓史曰:"此南岳赤脚李仙人也,尝酣于酒。"帝急呼史至前曰:"适见者,主之嗣也。"寤而识之。既而密以闻,具述所梦,曰:"宫中不久有甲观之庆。"明年,神文诞圣。安退处士刘易尝记斯事。

司 马 待 制

故天章阁待制司马公池,乾兴中以职官知光山县。秩满,考绩于吏部。时章圣临御,一夕梦引对于便殿,仰视黼座,状甚幼冲。即觉,窃语交亲,以谓改官之期方远。铨司既质成课,将取旨,会真宗不豫,神文以皇太子监国,引见资善堂。仰视睿姿,一如所梦。事见庞相国所撰《司马公神道碑》。

后 苑 亭

嘉祐末,仁宗于后苑建一亭,题其榜曰"迎曙亭"。未几,神文弃天下,英宗嗣位,则亭之名岂徒然哉?昔汉昭帝时,上林柳叶虫蠹成字,曰:"公孙病已立。"霍光既废昌邑,立戾太子之孙,是为宣帝,实名病已。唐宣宗晚年,长安小儿叠布蘸水,向日揿之,谓之"拔晕"。懿宗果自郓王嗣立。以今方古,事实符契。古语有云:"干鹊噪而行人至,火花燃而得酒食。"此言虽小,可以喻大。况王者之兴,岂无开先之兆也？异哉！

衡　山　僧

嘉祐八年三月，衡山县僧某来湘潭干事，既毕，归衡山。至中途，宿逆旅。忽梦行道中车骑戈甲，旌麾仪卫，去地丈余，蹑空北去。僧伏道左，少时既过，复前。又逢数骑，叱之曰："安得犯跸！"僧自疏得免，因问："何官也？"曰："新天子即位，南岳神往受职耳。"僧既觉，明日至衡山，白所梦于邑令。令戒僧曰："秘之，勿妄言。"后数日，闻仁宗遗诏至，考其所梦之夕，正月二十九日也。《金匮》云："武王胜殷纣，大雪平地盈尺，旦日有车马诣军门，行无辙迹。太公曰：'此四海之神泊河伯来受职也。'因祀之，约束而去。"与此正类。李时亮云。

南　岳　真　人

庞相国籍既致政，居于京师。嘉祐八年春三月，公被疾，至下旬病革。一旦奄然，家人聚哭，数刻复生。翌日，命纸笔，屏左右，手书密封，俾其子奏。家人咸谓久病恍惚，书字不谨，遂寝不以闻。公既薨，发视之，云：初死，有人引导，令朝玉皇。入一大殿庭，排班，庞处下列。拜讫，有一人传玉皇诏云："庞某令且归，伺与南岳真人偕来。"既出殿门，又有人前导，云："当见南岳真人。"复至一殿庭列班，庞居上列。卷帘毕，既拜，熟视，乃仁宗皇帝也。时神文久不豫，庞既复苏，觉体候小康，又闻圣躬亦复常膳，乃窃喜，故欲上闻。三月二十七日，庞薨。越一日，仁庙上仙。进士时济得之于与教院主僧惠节。

会　圣　宫

会圣宫在洛都东八十里望仙桥，祖宗之神御在焉。嘉祐八年三月二十九日，昼漏尽，宫侧之人见王者羽卫陈布道中，最后二人衣赭袍，张黄盖，乘马相次，至宫前乃不见。明日，宫门大敞，诸殿门锁不钥而启,主事者大骇。少时,闻仁庙上仙。

<h2 style="text-align:center">曹　门　谣</h2>

天圣末泊明道中,京师市井坊巷之人,凡物之美嘉者即曰曹门好,物之高大者即曰曹门高,耆壮童稚,无不道者。景祐初,神文诏册曹玮女孙为皇后。曹玮为国功臣之冠,虽珪爵蝉联者三世,泊作配宸极,居外戚之尊,可谓高且好矣。玮辅艺祖定天下,降蜀平吴,抗丑虏,破强敌,将百万之众,未尝妄杀一人,宜乎后裔之兴也。唐郭尚父功盖天下,位极人臣,侈穷人欲,寿登耆艾。人谓报施之道,犹或歉然。至暖女为宪宗元妃,历七朝,五居母后之尊,人君行子孙之礼。唐史臣谓子仪社稷之功未泯,复钟庆于懿安焉。以曹氏之余烈,近之矣。

<h2 style="text-align:center">陈　　靖</h2>

陈靖字唐臣,巨野人。少倜傥,有气节,通《诗》、《易》。尝从范讽、石延年、刘潜游,景祐五年,以进士特奏名,得三《礼》出身。荐为邑佐,皆有能声。稍迁孝感令,以公事忤郡太守,辄致所事而去。即日僦舟东下,隐于叶山。未几,诏下,以太子中舍致仕。值岁荒,徙家京师,卖药自给。朝之公卿多故人,踵门者辄避去。或遗金帛,即散道士、丐者,未尝有所畜。与其妻孔氏皆学辟谷,往往经岁不食。嘉祐四年,思武陵山水之嘉,尽室出彼。王介甫高其行,以诗送,有“知君欲上武陵溪,水自东流人自西”之句。既至武陵,结庐于高梧。市居数月,丧其妻。自是不接人事,杜门称疾,惟焚香诵《易》而已。六年七月十七日亭午,遽命其子庠具纸札,作书遗张郎中颛曰:“近上帝以靖平生无诳,俾主判地下平直司,候天符下即之任矣。”张时职江东漕运,得书,以靖为病心者,不复报。是日又躬为一书,封缄甚密,戒其子曰:“张公归乡,以此书授之,不可示他人及私发。违吾言,汝为不孝。”其子谨藏之。自是多为歌诗,皆有脱去世俗之意。七年十一

月十二日平旦，谓其子曰："吾数尽矣，后事一托张秘丞主之。"言讫而终。时张秘丞颙将赴官益阳，前一日与靖别，翌日得其讣，亟为办丧事，葬于耆阇山之侧。治平元年七月，张仲孚自江东还，其子庠捧父书号泣来献，封缄如初。发之，其始末皆叙诀之辞，中乃云："平直司必然失为议定皇嗣事，勿怪草草。"明年秋，英宗由大宗正为皇子，而靖于六年七月为此书，已有选定之语。由是知帝王之兴，皆受命于天，默有符契，非偶然矣。此皆略取张仲举学士所撰《陈靖传》云。

醴 泉 观

祥符中，京师东南隅醴泉涌，龟蛇见其侧，饮之者疾瘳。即其地营祥源观。其后灾，再加缮构，改号醴泉观。熙宁八年，又易倾杇，荐加垩饰。功毕落成，命教坊伶人奏乐于庭。是日，真武影现于殿脊火珠中，其部从神官旍纛之类，望之悉具，京师奔走观瞩者数千万人。见陈虞部开云。

贾 魏 公

贾魏公昌朝先德名注，尝为棣州推官。公方在孕，一夕梦绯衣冠者一人，自空而下，以巨箱捧貂蝉冠以献。俄而公生。始数岁，先令公为瀛幕，公时在膝下。契丹数十万攻围逾月，城甚危，守陴者闻空中神告曰："城有中朝辅相，勿忧贼也！"数日，虏遁去，城卒无患。公自宰相出镇，拥节钺者垂二十年，官至兼侍中。若然，则贵贱之分，淹速之数，固由默定。世之汲汲于进者，无所不至，岂昧于居易之理乎？

大 名 监 埽

河自大坯而下，多泛溢之患，岸有缺圮，则以薪蒭窒塞，补蒲增卑，谓之埽岸。每一二十里，则命使臣巡视，凡一埽岸必有薪茭、竹捷、桩木之类数十百万，以备决溢。使臣始受命，皆军令约束。熙宁

九年,大名府元城县一监埽使臣所主埽岸有大鼋屡来啗岸之薪蒭,似
将穴焉,遂彀弩射之,中首而死。是夜,梦一绿衣刲首,谓监埽曰:"汝
杀我,我已诉于官矣。"又月余,病疽死,见二使者执之而去,曰:"汝尝
杀人。"监埽窃思之曰:"此必杀鼋事也。"行仅百里,入一城,使者曰:
"吾有事当先白所由司,汝姑止此,无他适。"二使既去,仰视高阁,金
碧相照,有二神人守阍,如道士观所谓龙虎君者。以姓名白之,乃引
入。仰视其阁,有榜,题曰"朝元之阁",下见韩侍中稚珪凭几而坐,侍
者数十人,若神仙仪卫。乃再拜讫。韩问来状,遂白煞鼋事,因曰:
"堤岸有决,当受军令之责,非徒杀也。"韩曰:"汝亦何罪。傥见阴官,
但乞检《上清格》。"即出门,见二使者至,遂引到一官府庭下,果诘以
杀鼋事。对曰:"某主埽岸,河流奔猛,涨溢不常,苟有决漏,则当诛。
鼋败吾防,不可不杀。乞检《上清格》。"阴官取格视讫,谓曰:"《上清
格》云:'无益于世,有害于人,杀而不偿。'罪固难加。"阴官命前使者
引出,行十余里,若堕眢井,遂瘳。事闻之于刘大卿袭礼云。

仆 射 厅

陈英公执中初以左正言谪为中允,监永州酒税,郡守常以谏官待
之。间日,具肴膳,就其所治以延款之。英公即座,周视居宇,忽于樆
桷楣间注目久之,顾侍吏曰:"见一牌否?"左右对以无睹,郡守而下皆
曰未尝有牌。陈笑而杂以他语。及归,家人怪而询之。公曰:"宛见
一金字牌,书'仆射厅'字。"公由是益自负。既而两正台府,竟践此
位。虽以司徒致政,然在仕之时,官为端揆。进士魏泰呼英公为舅祖,得闻
其事。

吕 枢 密

吕枢密公弼,丞相申公之次子。始秦国妊娠而疾,将去之,命医工
陈逊煮药。时方初夜,逮药将熟已二鼓,坐而假寐。忽然鼎覆,取诸
药品差铦末再煮之。俄以严鼓,不觉再覆。既而又煮,而加火焉。困

甚，就榻。梦一神人，披黄金甲，持剑叱陈曰："在胞者，本朝宰相也。汝何等人，敢以毒药加害？"陈恐栗而寤，遂以所梦泊覆鼎事白于秦国，曰："在孕者贵人也，虽疾，当无所损。"其后生宝臣。熙宁中，自枢密使出镇而薨。闻之马瑊运判云。

卷第二

盛枢密

枢密使文肃盛公度修起居注日，尝感疾而死，支体犹温，故家人未敢殓。越宿乃苏，云：始为人追摄，若行田野间，气候昏塞，如欲雨状。良久，入一府，见主者被古诸侯服，起而接公，且谇以同姓名而误追，亟命公还。既而复行田间，远望有数人，皆若旧识。及追视之，乃故相国沈公义伦也，喜揖盛曰："审知学士得还，为我语家人，颇为污脚袜所苦。"草草别去。盛神还，疾亦渐愈。遂以冥中所嘱语沈孤，其孤泣而不悟污脚袜之说。及服除，彻相公灵榻，而神座之横栿有败袜焉。究其所自，则守灵老卒之物，偶致于此，且起忘之，谓已亡失，故不复索。文肃公说。

余尚书

余尚书靖，韶州曲江人。天圣元年第进士，又中拔萃。始自曲江将求荐于天府，与一同郡进士刘某偕行。刘已四预计。偕行至洲头驿，有祠颇灵。余谓刘曰："与足下万里图身计，盍乞灵焉。"遂率刘以楮镪香酒祷祠下，乞梦中示以休咎。是夕，余梦神告，召而谓曰："公禄甚厚，贮于数廪。官至尚书，死于秦亭。刘某穷薄，止有禄六斗耳。"公谢而退，遂寤。其后出入清华，声望赫然，中罹废黜者累岁。其后竟至工部尚书。常语交亲曰："关中任使，决不敢去。"既罢广州，至乌江得疾，遂入金陵就医。舣舟秦淮，扶病登亭，视其榜曰"秦淮亭"。公不怿，数日而薨。刘某者以累举不第，就南迁，遂摄一尉，才逾旬而卒。李供备时亮云。

郎 侍 郎

郎侍郎_简致政之年，将赴阙更图一郡，然后悬车。途次奔牛，宿于堰下。时盛暑，月色澄亮，命从者皆寝，辟船门默坐。乙夜，闻岸侧有人语云："吾儿明日过此，幸若曹悉力曳船。渠齿幼，恐致惊怖。"郎大讶，登岸四顾，人皆酣寝，惟群牛卧齝于屋下。翌日，郎驻舟以伺。俄有称监簿者，年甫弱冠，由途于此。船既及堰，群牛不待呵捶，旋转如风，顷刻而过堰。郎太息曰："吾平生历官治民，自谓无冤抑，安能垂老更倔偻于王事乎？"即抗章告老，南归余杭。牛之子不传名氏者，郎为之讳也。陈节推之方笔以相示。

刘 密 学

天禧中，刘密学_{师道}守潭州。有衡山民之长沙市易者，冒夜而行，道中见旌旗仪卫，呵导甚厉，民相与拱立道左。因询前驱者曰："何处大官？"曰："潭州刘密学授南岳北门侍郎，明日礼上。"是夜复有内臣江供奉者来岳庙烧香，宿庙下，梦供帐纷纭，言新官礼上。洎见，乃刘密学也。又马尚书亮时尹京南，午巳之间，有一道士至客次展谒，谓曰："侍郎已下厅，不敢通刺。"道士曰："无他事，欲投潭州刘密学书耳。"典谒曰："既要相见，何不早来？"又曰："为今日南岳北门侍郎上事毕方来，以故后时。"言讫失道士所在。晚衙马视事，典谒以告。马大惊，以为不祥。数日，凶讣至。考道士求见之辰，刘捐馆之日也。先是，刘在长沙，一旦称受札子赴阙，即具舟舰，立俾徒行李、族属于舟中。又曰："吾未交符印，今日且宿寺居。"明日，洗沐讫，穿膝坐正寝，俨然而逝。今衡潭之人严奉之，礼与岳神等。或闻祖舍人士衡有传。今所书者，录马运判璵、辛都官子言之说耳。

刘　待　制

待制刘公湜，彭城人。清修检重，时所推与。自金陵尹移守高密，时已抱疾，乘船沿淮至水车驿舍，遂卒。先是，驿居人见驱群羊及负荷酒食横陈之具入驿者，视之则无人，如此累日。刘既卒，始悟鬼神之来迓。水车沟在海、密州界。得之周都官之纯言。

杨　省　副

杨省副日华自言：应举日，与数同人税宅于饮马巷。居数月，无他异。一日探榜归，时春季颇暄，相与解带，席地而坐。俄觉身之敧侧者再三，以谓地动，问诸仆隶则不知。杨取剔耳篦画氍毹中，冒出浅红线长数寸，以手牵之，有缣衣如线色，随牵而长，约尺余，惧而舍之。其下若有人引之者，徐徐尽入。坐者大骇，莫敢发视。即时迁于旅邸。余任渭州推官日，亲承杨公之说。

魏　侍　郎

刑部侍郎魏公瓘，初以金部员外郎知洪州。罢官，舟经大孤山，方乘顺风，扬舲甚驶。一女使涤器而坠水，援之不及。舟速浪沸，顷刻已十里余，公惋叹良久。一女奴忽沉冥狂语趋前，而举止语音，皆所溺婢也。泣且言曰："某不幸而溺于水，实命之至是，无所恨。然服勤左右久矣，一旦不以理而终，夫岂不大戚耶？傥岁时月朔，赐草具馔，化楮泉于户外，使某得以歆领，虽泉下亦不忘报。"公与夫人闻之恻然，悉允其求。语次，一渔艇载所溺婢棹及公舟，告曰："溺婢为浪泊而出，获援之以送。"婢固醒然未尝死，而女奴亦不复降语。得之都官郎中任粹云。

司 马 少 卿

太常少卿司马公里自言：未冠时，侍仲父待制光山县，门下客张某者亦年少，同舍肄业，常苦资用不足。张忽叹曰："愿得干汞法，以快吾欲。"旁有黥卒执汛扫之役者，笑曰："秀才年少，安知世间有此事耶？"张曰："神仙之术，不可妄求，岂不知之乎？"卒曰："某尝得此术，愿试之。"张大喜，脱衣质钱，市汞及炭。初夜以水银一两内鼎中，出小瓢，取药一粒如芥子投之，又以小瓦覆鼎口，泥封甚密。炽炭围之，急扇良久，鼎中如风声，倾之成白金矣。翌日，召金工视之，曰："此汞银也。比闻有黥卒得此术，间或鬻之，岂非此人所为乎？"张亦秘而不言。张谓司马曰："斯人而有斯术也，图之固易，然缓而取之，善也。"自此屡以美言抚存之。一日，请浣衣于江滨，去遂不复，竟不知所适。

梁　学　士

梁状元固，博达俊伟人也。未有室，职于史馆，数年而卒。未克敛，凭侍姬玉儿者降灵语云："吾今弃世才信宿，家事不治乃尔。"又召子弟戒勅曰："吾家素贫，尚有铅器数十事，兼朝廷必有赠赐，足办丧事，不得倚四郎中，其叔父也。但托祖舍人可也。"家人问曰："学士今居何所？"云："见作阴山谏议，寄任不轻。"又索毫楮作启，令子弟取某书还某家，于某家取所借某书，还者收，取者得。复索茶合，饮一杯已，手自封记，真梁之迹也。须臾乃去，姬如醉醒，诘之殊不自知。进士洪正卿云。

张　郎　中

张郎中景晟，洛阳人也，去华侍郎之孙。登进士第，始逾强仕，为屯田郎中。熙宁四年，奉朝请于京师，忽疡生于手，痛不可忍。时有御医仇鼎者，专治创痏，呼视之，遂取少药傅其上。既而苦楚尤甚，仇虽复注以善药，而痛不能已，数日而卒。沉困之际，但云："仇鼎杀我，必诉于阴府，不汝致也！"月余，仇坐药肆中，见二人，一衣绯，一衣绿，入鼎家，手持符檄，谓鼎曰："张郎中有状相讼，可往对事。"仇曰："张郎中病疽而死，何预我事？"绯衣曰："奉命相逮，不知其他。"仇知不免，哀求延数日之命。二人相顾曰："延三日可矣。"绯衣曰："虽然，当记之而去。"遂出一印，印其膝下，遂不见。所印之处即肿溃，创中所出如膏油，痛若火灼。后三日而死。始，仇之知张橐实良厚款，欲先以毒药溃其创，然后加良药愈之，以邀重赂，遂至不救。鬼之来，独鼎见之，左右但见纷纭号诉而已。噫，庸医之视疾，多以药返其病，使困而后治，欲取厚谢，因而致毙者众矣。傥尽若张君之显报，则小人之心，庶几乎革矣！

韩　侍　中

侍中韩公稚珪知泰州日，卧疾数日，冥冥无所知。倏然而苏，语左右曰："适梦以手捧天者再，不觉惊寤。"其后援英宗于藩邸，翼神宗于春宫，捧天之祥，已兆于庆历中。固知贤臣之勋业，非偶然而致也。太常博士姚复云。

张　职　方

张职方太宁，宿州人。家富于财，登进士第。性恶鸥，每至官，必下令左右挟弹逐之。熙宁六年，丁内艰，权居于符离之佛寺。尝有鸥巢于殿之鱼尾，育二雏，羽翼渐成，飞跃于外，鸣啸不已。张亲弹之，中丸而毙。既而二大鸥盘空，鸣声甚悲。翌日张步庭中，一鸥下搏其巾。方惊骇，一鸥复来攫伤其鬓，创亦不甚。旬余溃决，腐及喉，遂死。嗟乎！哀子之死，仁也；报子之仇，义也！孰谓禽兽无仁义之心乎？父子之道，天性也。处万物之灵，亲爱之心宜其甚焉。熙宁甲寅、乙卯岁，天下蝗旱，至父子相啖者，真禽兽之不若也。悲夫！

陈　少　卿

太常少卿陈公希亮，曩岁刺宿州。厅事后门常扃钥，相传云开则有怪物见。陈刚方明决，不之信，遽命启之，果有群妖昼夜隐见于房闼间。陈亦不甚惧。一日，偶至土地堂，见土偶数十，疑其为妖，命碎之，投诸汴水。妖遂绝。盖每岁立春，出土牛，牛既为众所分裂，衙卒乃取策牛人置于土地之祠也。张供备宗义言。

杨　状　元

前进士黄通与状元杨公寘相善。尝梦杨投刺，自称龙首山人。庆历初既登第，丁内艰，未终丧而卒。其后好事者解之曰：龙首谓状元登第也；山人，无禄之称也。

郭　延　卿

郭延卿，洛阳人。少以文行称于乡里，吕公蒙正、张公齐贤未第时，皆以师友事之。太平兴国中，陈抟自华州被召。抟素以知人名天下，及道西洛，三人者皆进谒。抟倒履迎之，目吕曰："先辈当状元及第，位至宰相。张先辈科名虽在行间，而福禄延永又过于吕。"然殊不言延卿。于是二人相与言曰："郭君文行乡里所推，幸与一目。"抟曰："固知之，然亦甚好。"遂草草别去，抟送之门，顾张、吕曰："二君今晚更过访。"及期往，抟曰："二君前程，某固已言，然所惜延卿禄蒲。伺吕君作相，始合得一命；张君作相，当得职官耳。"既而吕果状元中第。及为相，荐延卿，得试校书郎。及张作相，益念郭之潦倒，一夕语其子宗诲曰："为我作奏札子，荐郭延卿京官。"及翌日造朝，遽索奏札。宗诲草奏，误书"京"字为"职"字，及书可降制，乃职官，皆如抟言也。进士魏泰闻之陆修撰经，云其始末甚详。

卷第三

马　少　保

太子少保马公亮自言：少肄业于庐州城外佛寺。一夕，临窗烛下阅书，有大手如扇，自窗伸于公前，若有所索。公不为视，阅书如故。如是比夜而至。公因语人。有道士云："素闻鬼畏雄黄，可试以辟之。"公乃研雄黄渍水，密置案上。是夕大手又至，公遽以笔濡雄黄，大书一草字。书毕，闻窗外大呼曰："速为我涤去。不然，祸及与汝！"公雅不为听，停烛而寝。有顷，怒甚而索涤愈急，公不应。逮晓，更哀鸣而不能缩。且曰："公将大贵，我且不为他怪，徒以相戏而犯公，何忍遽致我于极地耶？我固得罪，而幽冥之状，由公以彰暴于世，亦非公之利也。公独不见温峤燃犀照牛渚之事乎？"公大悟，即以水涤去草字，且戒他日勿复扰人。怪逊谢而去。进士魏泰言马公尝说于其祖云。

潘　郎　中

潘郎中继宗，清河人。以明经发第，有吏材。天圣中，自国子博士通判乾宁军。其母亡以十余岁，一日于堂前呼家人，令召其子，容状衣服，宛如平昔。潘再拜号哭，母急止之曰："可于堂西偏隔以帘幕，前下一帘，中安二榻，吾将与伴我者二妇人息焉。"既而语云："吾死亦无大过，阴官但致我一室中，不令他适。汝既升朝，封我为县太君，阴官乃纵我出入。汝前岁知导江县，我尝至彼相视，以水晶柱斧倒置植扉后。吾亦未有生期，恐久涸汝，聊以为识也。今我往生冀州北门内街西磨坊某人媳妇处为女，因得来此。"家人日夕具饮食，惟闻匕箸声，视之如故。留月余，告去。举家送之郊外，空中有哭泣声，久而不闻。潘既受代，道出信都，询之，皆如所说。潘后常以缯帛遗其家。

潘之子士龙，今为正郎。胡讷尝著《孝行录》，亦记潘夫人事。

乐 大 卿

光禄卿乐公滋性沉厚，少年修学时，尝就祖母寝榻前灯下看书。一夕二鼓后，灯檠摇动，如人携持，周行室中，复止故处。乐亦不惧。明日，言于门下客，客不之信。是夜取檠置学舍中，明灯而坐。才二鼓，复行如初。客大呼而走。遂命斧碎，亦无他异。

徐 郎 中

徐郎中，莱州人，忘其名。弱冠，侍父假守岭外。乾兴中，仁宗登极，部贺礼赴阙。至武陵一驿，将舍正寝。驿卒言："其中有物怪往来，无敢居者。愿易他次。"虽不以为然，亦出寝于厅之屏后。夜将半，梦有神人，状甚伟，手携竹篮，其中皆人鼻也。叱："汝何等人，敢辄居此，以妨吾路！"徐恐惧愧谢，神乃端视之曰："形相非蒲，但其鼻曲而小。吾与若易之。"遂于篮中择一鼻，先剐徐鼻掷去，以所择鼻安之，仍以手指周固四际，梦中亦觉痛楚。神笑曰："好一正郎鼻也！"徐之鼻素不隆正，自梦易之后，自然端直。历官驾部郎中，致仕，随其子秘书丞朔在维扬签判。治平四年物故。

刘 太 博

兴州依山为守居，层叠而上，正寝尤高。复构楼于上，俯视仪门如指掌。宝元中，太常博士刘公中达假守是郡。一日与家人登楼，见白衣者入客次，若举人状。刘遽曰："有客至，吾将延之。"遂下楼升厅，果有举人投刺，刘接之。坐移刻，各不语。告去，遂循东庑而下。左右告曰："当自西庑。"举人不答，直趋东庑井次，投身而入。刘大骇，遽索井中，无所得，而亦不能究举人者自何而来。月余刘卒。前进士程觉言。

刁 左 藏

刁左藏允升尝提举大名府左厢马监,在职岁余卒。其家先寓于大名朝城县。熙宁二年秋,刁捐馆半岁,次子总忽见父坐于城门之侧,行李从者无异平昔,惟从人悉衣白。方惊惧,其父以手招之,即诣前拜且哭。刁遽止之。总问曰:"大人今主何事?"刁曰:"吾尝事范希文,渠今主阴府,俾我提举行疫者。今欲往许州以南巡按,道出此,故暂来视汝。"因曰:"汝母明年八月当死,但预为备,勿告之,恐渠忧挠。孙某来年五月亦当卒。此皆冥籍先定,汝宜自宽。"孙乃总之爱子也。又曰:"市中仇某不半岁必刑死。"因怀中取鸦青纸一幅,有金书七十余字,授总曰:"善保持,勿失坠。"遂上马呵道,出南门而去,闾巷悉见。行数里,逢市人张五者避立路左。刁谓之曰:"我欲倩君可乎?"张曰:"诺。"乃谓曰:"若暂到我家,语吾儿:后月南市当灾,且慎之。我已留从者五人防视,必免焚如。"张亦不知是鬼也,遂诣刁宅,欲达其语。闻宅中大哭,少选总出,询方知刁久已弃世。其妻洎孙如期而死。邑中官吏知有火灾,日夕戒居人储水,谨火禁。月余,火自空屋发,与刁居密迩。四邻悉焚,惟刁宅独完。仇某者闻当刑死,杜门不出。一日与客弈棋于所居之门下,有诵佛书而丐者,仇屡谢之不去,语颇不逊。仇忘刁之言,殴之,即死,竟毙于枯木。金书人皆不识之,字书亦无。事闻之借职刁绰言。

吕 郎 中

吕郎中元规治平初为广南东路提点刑狱。公宇在韶州,宅堂之后有园亭,亭下植荔枝数株。夏五月,实尽丹,翌日将召宾僚开樽以赏之。其亭暮则扃锸,人迹所不至。诘旦启户,无一实在枝,但见壳核盈地,于板壁题诗一绝云:"我曹今日会家亲,手把洪钟饮数巡。满地狼籍不知晓,荔枝还是一番新。"岁余,吕以事去官。其侄子邈言。

钱　斋　郎

　　治平中，有钱斋郎者调于吏部，挈其妻居京师。一日，其妻被夫之衣冠，语言皆男子也，状如病心。召符禁者视之，术皆不效。闻孔监丞者有道术，能已人疾苦，遂诣其居，告以妻之所为。孔许至其居。翌日乃来，与钱偶坐。其妻冠帻束带，往来于左右，詈曰："汝是何人，预我家事！"久之，孔都不与语。俄而独曰："莫须著去否？"孔因谓曰："汝本何人，辄凭人之室家，可乎？"乃曰："我尝被一命而死，亦曾举进士，颇探释老书。昨到京师，无处寓止，暂凭附于此人。"孔曰："既若曾涉猎三教，是识理之人也。汝在世仕宦之日，汝之室肯令他人凭之乎？"鬼默然。又谓曰："汝既言曾探释老，有尔许大虚空，何所不容，而言无寓止之所？"言讫，钱妻蹶然而倒，半日乃寤。询其前事，皆不知也。得之张稚圭言。

邢　文　济

　　华阴县云台观道士邢文济，常掌华阴道司事，故得紫其服，号虚寂大师。既免道职，专主金天南祠。乡人岁时献施金帛甚黟，邢悉袠为私藏，间充酒色之费。有巡检某人者知其事，密令人喻旨，邢屡以所得赂之。一夕，邢梦人摄至金天殿下，见巡检亦在廷中，有若胥吏者诘二人以盗用神物，皆服罪。各鞭背十二，遣归。邢既寤，觉背间楚痛。遂诣巡检，话昨日之梦。惊曰："我梦亦然。"月余，邢病背疮死，巡检者亦患疽，相继而殂。得之董职方经臣录。

蒿　店　巡　检

　　渭州蒿店有巡检廨宇，率命班行领卒数百戍焉。庆历中，羌人入寇，巡检张殿直者应援于外，其家悉为蕃贼所俘虏。既入贼境，骨肉皆为赏口，其妻分隶一番酋，俾主汲爨之役。每荷汲器至水次，必南望大恸而后归。其家一犬，亦攘掠而得者，常随妻出入，屡衔其衣，呦呦而吠，摇尾前行十数步，回顾又鸣。如此者半岁。妻因泣谓犬曰："汝能导我归汉耶？"犬即跃鸣。妻乃计曰："住此而生，不若逃而死，万一或得达汉。"计遂决。俟夜，随犬南驰。天将晓，犬必择草木岑蔚之处，令妻跧伏，犬即登高阜顾望，意若探候者。时捕雉兔衔致妻前，得以充饥。凡旬日达汉境，巡逻者以闻。访其夫尚在，乃好合如故。自此朝暮所食，必分三器，一以饲犬。斯事番人具知之。

　　评曰：犬，六畜也。惟豢养之恋，既陷夷狄之域，尚由思汉，又能导俘虏之妇间关而归，可谓兽貌而人心也。有被衣冠而叛父母之国者，斯犬之罪人也。

王　廷　评

　　王廷评俊民，莱州人。嘉祐六年进士，状头登第。释褐，廷尉评签书徐州节度判官。明年充南京考试官。未试间，忽谓监试官曰："门外举人喧噪诟我，何为不约束？"令人视之，无有也。如是者三四。少时又曰："有人持檄逮我。"色若恐惧，乃取案上小刀自刺，左右救之，不甚伤。即归本任医治，逾旬创愈，但精神恍惚，如失心者。家人闻嵩山道士梁宗朴善制鬼，迎至，乃符召为厉者。梦一女子至，自言："为王所害，已诉于天，俾我取偿，俟与签判同去尔。"道士知术无所施，遂去。旬余，王亦卒。或闻王未第时，家有井灶婢蠢戾，不顺使令，积怒，乘间排坠井中。又云王向在乡闬与一倡妓切密，私约俟登第娶焉。既登第为状元，遂就媾他族。妓闻之，忿恚自杀。故为女厉所困，夭阏而终。

樊　预

　　樊预，眉州人。登进士第，为杭州观察推官。素有异相，胸生四乳。一日，忽题于厅之堂扉云："三声鼓角云中见，一簇楼台海上高。"人莫喻其旨。后数日，若有牙兵数百人来，云吴山大王遣以奉迎。预

乞延数日,处置家事。迓者乃去。亟召同寮,具以事告,且诉乡里辽
远,期津遣辇累之意。同官见其无疾而遽有是语,以为病狂,或讯其
事之委曲,终不答。又信宿,乃卒,卒时正严鼓时也。吴山即子胥之
祠,据州中之高阜,有楼殿亭宇之胜。"鼓角""楼台"之句,乃自谶也。
后州民闻甲马巡徼之声,或见樊总督者。州人遂塑其像于神侧,自是
不复见。其子祖安亲说。

卷第四

陈　省　副

　　庆历初,陈吏部泊自三司副使谪守钟离郡,比曹员外钱愚时为通倅。钱善数术,一日,俾其邑封具酒肴,悉召陈宅之长幼,会于倅居。明日,钱诣陈谢曰:"昨日以菲薄奉邀贵眷者,聊示区区之意,以托后事尔。"陈大惊曰:"足下四体甚安,此言何谓也?"钱曰:"明年正月某日,某当死。乞护送诸孤归京师故栖,则幸甚。"陈知钱善数术,亦不以为然。愚尝谓其妻子曰:"陈亦行尸耳,过明年复旧官,则不可矣。"明年正月,如期而卒。月余,陈徙庐州。未半岁,复召为三司副使。数月,病背疽而死。越三日,陈有少女奴年十二三,忽据榻附而降语曰:"吾昨日已见王,将设酒,我辞以创痛而止。门外从者五十人,悉戴漆皮弁,衣皂绿绯宽衫,乌毡靴,亦无异人世,不复号慕以自苦也。"又数日,复降语,命设榻如宾主位,曰:"此前濠州同官钱比部也。吾今得知益州,复与比部同官,前日已尝宴会,相得之欢,不异平昔。可令院子传语钱家县君,言比部教善视十一郎,比部幼子,最所钟爱者。今再与陈吏部同事甚乐,勿思念悲恸也。"先是二日,钱之幼女方十余岁,睡中哀号,呼之良久乃寤。曰:我见比部与陈吏部在一高堂上宴会,樽俎帟幕,无不华丽,左右侍卫甚盛。因念父已去世,不觉啼泣,被呼方省。与陈宅女奴降语相符。昔之小说载幽冥事者,多云人间郡县,阴府悉同。若陈吏部之为益州,岂其然乎? 比部之子闳,今为供备库副使,言之甚详。

王　待　制

　　天章阁待制平晋王公质之谪守海陵也,郡之监兵治宇之西偏有射堂，堂之前艺蔬为圃。一日晨兴，治圃卒起灌畦，见一老媪立射堂中，气貌甚暇。卒惊询之，媪曰："我乃监兵之母也。汝亟白我在此。"卒曰："监军不闻有母，媪何妄也！"媪曰："第告，无多诘。"卒入白监军，遽出视之，姿状音息真母也，而言语哀恻。监军号恸，家人已下皆往拜侍。母急曰："以幕幂射堂之轩，使不外瞩。"既而询其所从来，母曰："冥中有一事，应未受生，与见伏牢者皆给假五日。我独汝念，是以来耳。"监军遽谒告，且白平晋公。平晋公朝服往拜，而以常所疑鬼神事质之，皆不对。曰："幽冥事泄，其罚甚重，无以应公命。"平晋又问："世传有阎罗王者，果有否？复谁尸之？"曰："固有，然为之者，亦近世之大臣也。"请其名氏，则曰："不敢宣于口。"公乃遍索家藏自建隆以来宰辅画像以示之，其间独指寇莱公曰："斯人是也。"复问冥间所尚与所恶事，答曰："人有不戕害物性者，冥间崇之。而阴谋杀人，其责最重。"如是留五日，遂去。或云平晋由此不复肉食。平晋尝为之记。其子复以示魏泰云。

石　比　部

比部外郎石公弁言：皇祐中始得大理寺丞，监并州之徐沟镇。岁余，梦一鬼，朱发青肤，自中霤下瞰，垂臂捽一女，女子发自地而出，谓之曰："送汝往李专知家作女。"石惊觉，心悸，遂不寐。逮晓时，有酒税场官姓李者，石因问："尔昨夕有何事？"李曰："四更初息，妇生一女子。"石叹异久之。其后婴儿有疾，召一姥视之，曰："本太原人，随夫寓此，仅四十年。凡官于此者，无不出入其家。此廨宇亦曩日都监之官舍。徐沟旧差班行监当今差京官。今中霤之下者尝有井，李殿直监临日，鞭一女使，不胜楚痛，投井而死。遂废不汲，仍遭大水湮焉。"石愈惊骇，方省前梦之验也。

曹　郎　中

曹金部元举治平中尝为福建路转运使。廨宇中有池亭，曹朝夕止于是。家人怪其肌体日瘠,精神恍惚,讯之,即曰:"尝有李家娘子甚美,与二婢子来侍我。"咸谓物怪所惑,召医巫视之,悉无效。乃涸池求之,得三鳢,一大二小。曹遽呼曰:"勿害李家娘子!"遂脔而焚之。曹亦谢病归维扬,岁余卒。

陆 龙 图

龙图陆公诜尹成都日,府宅堂前东南隅有大枇杷一株,其下夜则如数女子聚泣者,烛之则无所见。厥后半岁,陆卒于位。熙宁六年,成都阛阓间遇夜逻卒闻哭声呦呦然,凡数十处,就视之则无有。至七年八年大旱,殍饿盈路,继之以疾疫,死者十六七。洎至秋麦,则无人收刈。至于绫罗、纱锦、彩笺诸物,鬻者亦少。宜乎魄兆之先见也。丁都官悚目睹。

宋 中 舍

太子中舍宋传庆,谏议大夫太初之子。自言其父性嗜鳖,尝一日得数鳖,付厨婢臛之。其一甚大,婢不忍杀,放之沟中。逾年,婢病疫疾,苦心烦热,殆将卒。家人舁致外舍,俾卧以俟终。翌日视之,则自户阈至婢胸胁间皆青泥涂渍,婢亦稍间。讯之,则云不究其泥之来,但烦热减差耳。家人伺之。逮夜,有一大鳖自沟中,被体以泥,直登婢胸冰之。婢逾旬遂愈。询其致鳖之自,婢乃述其本末。天圣中,传庆为遂宁通守,与先君言如此。

马 文 思

文思副使马公仲方,尚书亮之侄也。遇罢官,多寓家。高邮军细君之妹亦居是邑,尝以牝羊馈于公,未几生一羔。秣饲数月,闲居患无人牧放,乃鬻于屠肆。翌日临格将烹之,出刀于侧,且瀹水以备燖濯。将刲而亡其刀,良久,见其靶于沟中。取而洗拭,置于床,旋又失之。乃羊所生羔衔而投诸沟，又以足践淖，使勿见。屠者视之大感伤。后以羊归马氏，自此不复屠羊。公亦以羊施佛寺。公尝守全州，尝自书斯事于阅理堂之壁云。

陈 太 博

太常博士陈公_{舜俞}任明州观察推官，有二子，一男一女，皆六七岁。一日，戏嬉于外，逮归则男子面有墨规其左颊，女子朱规其右颊。家人怪，问其所规之自，则云不知。家人但谓小儿戏而为之，命涤去。翌日复然。如是几月余，日日如是，而无他怪。陈虑为怪之渐也，白转运使求莅他局，遂沿牒于浙西。廨既空，郡给二皂以守舍。一日，二人相与言曰："陈察推向以二儿面有画以为怪，而竟无他，我等当验之。有能独入堂中自朝至暮者，醵钱若干以赏之。"一皂欣然携短剑入堂之西序，醉卧牖下。及醒，日已过午。吏喜其无怪，又喜将获所赏也。徘徊伺晚而出，俄然堂扉启，有数婢从一妇人，臂鹦鹉立堂之庀，若所规画然。吏熟视，默念曰："苟怪止如是，亦何足畏！"方将以刃劫之，忽心动若大悸，不知其身之所有，惊呼携剑，突门以走。犯谯门，穿长街，若发狂失心者。市人睹其持剑，以为有变，皆恐避之。未半里，蹶踣道左。众掖起，夺剑而诘之，移刻始能言，竟不知其何怪也。_{进士魏泰游明州，亲见此事。}

马 仲 载

熙宁六年，开江南为郡县。既得峡州，筑为安江城，命内殿承制马公_{仲载}统卒三百戍焉。时石鉴以兵马钤辖知辰州，总千兵亦驻城中。一夕，逻卒云："蛮兵数千夜当攻城。"石闻之，即欲遁去。马曰："钤辖傥出，则谁与守？"遂仗剑于门，令曰："敢出者斩！"石遂留，蛮兵亦不至。由此石颇衔之。未数月，马忽仆地，懵然无所知。仆从乃舁辰州就医药。石乃劾其弃城戍，将以军令裁之。马病稍间，就鞫于武陵，乃具馔遥诉司南岳。翌日，有稚子方十岁，未尝读书，忽睡中呼索纸笔,乃书曰:"南岳门下牒救马仲载:念卿遥祭之专勤,听其诉声之怨切。据卿之罪,理当丧命。上天愍卿常行吉心,能守所职,止命降灾夺官。更宜省循,以邀福寿。懋哉幸矣!熙宁六年十一月二十四日。"复取朱笔画一印于日月上,篆文亦不可辨。儿复睡,少选而寤。诘之,云:"有一人青巾黄衫,以黄救付我。"亦不知其手自摹写也。仲载之事,武陵人无不知者。《南岳救》,好事者多录而藏之。

夏　著　作

尚书郎高公靖,蔡州人。罢官,归乡里村居。尝坐垅上视农事,有耕夫于土壤得铁牌,上有大字云:"司法参军夏钧。"高亦不喻。数年,授知道州,相次有长沙人夏钧调本州司法参军。高方悟铁符之前定也。钧官至著作佐郎。

冀　秘　丞

冀秘丞膺皇祐中知河南府缑氏县,代人将至,预徙家于洛城,独止于县之正寝。一夕,梦二女子再拜于榻前。问其所以,云:"妾等是前邑尹家女奴也,以过被鞭死,瘗于明府寝榻之下。向来宅眷居此,不敢妄出,恐致惊悍。今夕方敢诚告,乞迁于野,乃幸之大也。"冀可之。明日发其地,果得二枯骨,红梳绣履尚在。命裹以衣絮,祭以酒饭,加之楮钱,埋于近郊。数夕后,梦中前谢而去。乐长官浩言之。

梁　寺　丞

梁寺丞彦昌,相国之长子也。嘉祐中,知汝之梁县。其内子尝梦一少年,黄衣,束带纱帽,神彩俊爽,谓之曰:"君宜事我,不尔且致祸。"既寤,白梁,梁不之信。既而窃其衣冠簪珥,挂于竹木之杪,变怪万状。梁伺其啸,拔剑击之。鬼曰:"嘻!汝安能中我?"又命道士设醮以禳之。始救坛,夺道士剑舞于空,无如之何。谓梁曰:"立庙祀我,我当福汝。"既困其扰,不得已立祠于廨舍之侧。又曰:"人不识吾面,可召画工来,我自教之。"绘事既毕,乃内子梦中所见者。会家人有疾,鬼投药与之,服辄愈。归之政事,有不合于理者,洎民间利害隐匿,亦密以告。梁解官,庙为后政所毁,鬼亦不灵。闻之洪正卿进士云。

杨　郎　中

郎中杨公异性好洁静过甚,不近人情。寓居荆南,对门民家有子数岁,肤发悉白,俗谓社公儿,异恶焉。屡呼其父,与五缗,令杀之。民得镪,潜徙去。杨止一子,俄病癞,肌溃而卒。近时有人死而复生,云阴府新立速报司。若杨氏之报,信哉!

张　太　博

治平三年,太常博士张忘其名知兖州奉符县,太山庙据县之中,令兼主庙事。岁三月,天下奉神者悉持奇器珍玩来献,公往往窃取之。既解官,寓家于东平。一夕,闻中阖外如数十人,语声杂遝不可辨。晨兴视之,其所盗帘幕器皿之类,悉次第罗列于厅庑间。视橐箧,封镝宛然。如是者凡数夜。张大怖骇,悉取燔之。越三日,奉符旧事发,兖州狱吏持檄来捕。既就逮,左验明白,竟寘牢户。

杨　从　先

殿直杨从先,至和初监大名马监。其冬,梦授枢密院札子云:"千里重行行,右札付从先。准此。"既觉,不喻其旨。明年春,大雪,牧马多死,监牧使臣冲替者数人。乃悟"千里",重字也;以配"行",冲字也;再言之者,皆被责也。

卷第五

李　参　政

李参政至性修洁夷淡,年几强壮,尚为布衣。开宝中,有省郎典齐安郡,至依门下为学,读书著文,夜分不寐。一夕,有二女子盛冠服,鸣珮珰,揖李而坐,容态殊丽,风度婉约。李恍不知其所从来,因定神肃容,熟视而问曰:"鬼邪?仙邪?"答曰:"奴非鬼也,乃仙之流亚也。"少时,出户不见。自此月三至,或饮之以酒,或啜茗而去。谈幽显之事,辞简而理明。守将受代,二女复来,谓李曰:"与君款奉三年于兹矣,见君居常以礼自持,未省一言及乱,器识洪厚,终当远到。然君前世曾为商贾,负人息钱甚夥,以贫不能偿,故今世俾君羁塞于壮岁。"因出书一封与至曰:"俟改元太平乃启。不尔,当有祸。"既而太宗践祚,改元太平兴国。启其封,见"太平兴国二年,李至第二人及第。"既而果然。后历清显,入参大政,拥旄巨镇而终。乐京著作尝言。

梅　侍　读

侍读梅公询,端拱二年第进士。清裕有才,早厕文馆,坐在人洎滞者数十年。景德中,尝梦与一士人,年甚少,共射一石牛。梅中胁,少年者中首。至祥符中,真宗东封,询被选于太平顶行事,宿斋其上。是夕燔香再拜,默祈将来通塞之事。既寝,梦牛马羊布野,有二牛斗于前。一人被冠服,前谓牛曰:"伺吕公再入中书,斗亦未晚。"牛遂解去。其后自尚书郎带职知濠州,吕申公以太常博士通守郡事,仪状酷似向梦中所见。又守倅之居花圃中,各有一小石牛。梅因省前梦,厚结于申公。宝元中,吕公入相,擢梅为天章阁待制。其后申公自北都再持政柄,梅已为枢密直学士,判审官院,又迁为侍读学士、群牧使。

是岁十二月得疾,出守许州,以至捐馆。梦中所见牛马,乃群牧使也。二牛斗者,其年岁直丑,十二月又丑也。二牛者,逢二丑而疾作也。神先告之矣。

　　评曰:"君子居易以俟命。"语曰:"富而可求也,虽执鞭之士,吾亦为之。"明富贵贫贱,以时而来,不可规图而取。梅公早预俊选,屯塞不振,年始从欲,方遇知己。官历两省,职居禁近,拥旄巨镇,克享遐龄。始否终泰,岂非命耶?

韩　宗　绪

　　韩宗绪,龙图赞之子,以父任补将作监主簿,皇祐秋镇厅预荐。偶于相国寺资圣阁前,见其家旧使老仆,呼谓曰:"若非某乙乎?死久矣,何得在此?"曰:"某今从送春榜使者。"又问:"榜可见乎?"曰:"有司收掌甚密,不可得而见也。"又谓曰:"汝能密询有我姓名乎?苟无,亦可料理否?"仆许诺试为尽力。又问:"复于何处为约?"仆云:"复期于此,他处难庇某之迹。此地杂沓,人鬼可得参处。"他日如期而往,仆果在焉。遂开掌,见己之名在片纸上。揭其下,乃田宝邻也。仆曰:"此人明年当登第,官甚卑。郎君亦自有科名,但差晚耳。况身已有官,故得而易之。若白身则不可。"因忽不见。明年,韩登第,曾以兹事说于亲旧间。治平中,韩玉汝龙图与供备库使段继文同使契丹。至雄州,段尝为雄之监军,雄之举人皆上谒,田宝邻刺字厕焉。韩见之大惊,与段尽道所以。段复以韩事本末语之曰:"遂斋戒,夜醮,作奏诉于帝。"木炎尝侍父官瓦桥,备知之。熙宁中,炎登第,为岳州巴陵簿。县令王泽尝谈怪异,王云:"应举时,闻州东有一人常入冥,言人吉凶甚验,遂率同人数辈就问之。其人在小邸暗室中,既见,遂以将来得失叩之,再三不语。俄又面壁而坐,云:'田宝邻公事至今未了,安敢有他科场事!'不知田宝邻何人也。"炎方省向者韩、段之言。宝邻以累举特奏名,其后官甚卑。

南 州 壬 子

虞部员外郎杜公彬罢滁倅,至阙奉朝请。一日游景德寺,访朝客不值。方假笔札以志门,偶狂僧严法华者自庑下直揖杜君。杜雅闻法华言事多中,因以平生未然之事谘之。僧夺笔索纸,杜以刺字之余授之,大书云:"南州壬子。"杜不测其旨。后数月,授知漳州。到州阅图经,则陈氏伪据日,目漳为南州。杜叹讶之。自揆以为"壬子"者,有土之号,岂隐其为州之意邪?后岁余,杜终于任。其子煜用浮屠法作七斋。饭僧次,煜因言及法华之事,取其书以示群僧。因观其壬字中一画差长,若壬字。遂以甲子推杜君卒之日,正壬子也。其子煜言之于魏泰,并出其书。

李 侍 禁

李侍禁齐善袁、许之术,士大夫多喜之。有别业在华阴之东郊。其妻先卒,买一妾,生二子,一男一女。李既死,二子始鬌龀。长男年二十余,乃嫡室所出,与其妻谋曰:"二子长立,当有婚嫁之费,且分我资产。能致之死地,家资悉我有也。"自此二子衣不得完,食不得饱,笞骂挫辱,无日无之。俄得疾疫,遂绝其药膳,虽杯水亦不与。相继皆物故。妾不胜怨愤,日走伏齐垅,号哭以诉。数月,妾亦死。有邻家子于阛巷见齐手携二子,妾亦侍侧,顾谓邻家子曰:"我长男不孝不友,虐杀弟妹,又令此妾衔恨而殁。若可语之,吾亦诉于阴府,不汝置也。"邻家子知是鬼,将走避,因忽不见。邻家子遽来告之,亦不之信。一旦,其妻具酒肴,会亲旧女客于中堂,厥良独坐书阁下。乃父自外至,数其罪,以杖击之。坐客闻其号呼,悉往视,但见仆地叩头服罪,言虐杀二子状。数日乃死。其妻后数月亦死,田宅家资悉籍没。噫!李齐之事不诬矣。世之人父死而谋害幼稚,以图资贿者多矣。目睹数族,虽不若李为鬼灵,但见其身夭折,子孙沦胥,以至无立锥之地。李齐之事,足使狠子庸妇闻之少警其心。董职方经臣亲见兹事云。

李 氏 婢

贾国傅大冲尝说，有李某屡典郡，既卒，家人归京师旧居。有老婢，凡京城巷陌无不知者，家之贸易饮膳衣着，洎亲家传导往来，悉赖焉。邑君爱之如儿侄。明道春方淘沟，俾至亲家通起居。抵暮不归，数日寻访无迹。邑君曰："是媪苦风眩，疾作坠沟死矣。"即命诸婢设灵座祭焉。家之吉凶，亦来报。邑君泣曰："是媪虽死，不忘吾家。"明年春，自外来，家人皆以为鬼也。媪拜曰："去岁令妾传语某人，至某处，风眩作，堕沟中。某人宅主姥见之，令人拯出，涤去秽污，加以药饵，得不死。某誓佣一年以报。今既期，即辞归。"往询某氏，果然。是夕，有青巾男子见邑君梦曰："我清卫卒也，向死于巷左。昨闻宅上失女使，设位以祭，遂假其名窃享焉。今闻已归。"乃拜辞而去。

李 比 部

李比部从周景祐四年随乡书来京师，与数同人僦舍于麻秸巷。尝五鼓而兴，将谒亲知于远坊者。始启寝户，即踣于地。奴仆扶视，气息殆绝。至巳午间，始惺然曰："初启关，见一鬼戴短巾，衣绿宽衫，黝面凸凶，状若祠庙中所谓判官者。以气嘘之，如霜风之切骨，遂昏然。"亦不知委顿于地也。明年校艺，不利于南宫。

胡 殿 丞

胡殿丞偃，潭州人。至和中授峡州签判，待阙荆州，僦居于公安门内，暇则坐于厅阢间。尝有持刀镊者，比日过门，植足注视，良久乃去。胡异之。一日，呼与小儿剃发，因问曰："汝常顾吾门内何也？"曰："有一亲识，姓某，在峡州为吏，兼管冥曹，事多而身劳，欲公垂庇，是以日踵门而不敢言。"胡未之信。及至任，聚群胥，出姓名问之。有一人前曰："刀镊汉竟多口。"胡屡询以冥司所职，但云未可轻泄。居无何,胡以先人忌晨饭僧课经,具疏焚楮泉。迨明日,其吏至案前,以手就怀,探昨日所焚疏示,若新写者,已而灰灭。且曰:"殿丞见迫,不敢隐然。某已得罪,而殿丞亦不免减禄箅矣。"数日,吏暴卒。期年,胡以病废于家。得之李林秘校云。

谢　判　官

谢判官,平原人。宝元中,尝为曹州观察推官。视事未几,一夕梦老父引之入大第中。家颇豪盛,奶媪抱婴儿,饰以文绣。指谓谢曰:"此君之后身也。"谢问:"此何郡? 复谁氏之家?"老父曰:"成都府陈郎中宅也。资产甚丰,君心乐乎?"谢亦颔之。既寤,甚不怿,谓妻子曰:"吾其死矣。"日处致后事。既而秩满,复调棣州判官。到官数月,又梦前老父复引至昔之第,有小儿衣纨绮,戏阶下。指谓谢曰:"此前日之婴儿也。今始五岁,尚未语。"既寤,谓家人曰:"今日之事,必不可免。"居常戚戚不怡。考满,又将赴调,复梦老父导之入门,见昔日之儿冠绯帽,紫袍银带,立于堂庑。顾谓谢曰:"此子已读书矣,君其谢我。"觉,大恶之。月余,病卒。其子讷,庆历六年登进士第,亲说如此。

刘　观　察　宅

京师保康门有刘观察之别第,每僦于人。翰林学士曾布,嘉祐丙申之冬,以乡贡将试礼部,僦此第以居。一夕不寐,闻厅中有人呼曰:"太尉来!"既而又有若往来问讯,切切细语,或如传授指令,皆以太尉为称,历历可审。甚讶之。翌日,究其宅之坊曲地里,则韩通之故第也。通尝为王彦升族于斯第之下。进士魏泰亲得之于曾子宣云。

柴　氏　枯　枣

邢州城东十余里,周世宗之祖庄也。门侧有井,上有大枣一株,世宗时柯叶茂盛，垂荫一亩。恭帝既禅，枣遂枯死。明道中，枯卉复生一枝，长一丈余，蔚然可爱，井中水如覆锦绣。柴氏惧，遂塞井伐木。明年，诏求五代帝王之后。柴氏自邢、蔡、虢等州诸族被甄叙入官者三十余人。井枣之祥，亦非虚应。

僧　缘　新

武陵郡西有佛庙，曰栗园。院主僧畜一犬，几十年。一夕，梦犬语云："累岁荷畜养之恩，今当与堤头杜翁家为男，故来奉辞。"僧既觉，不以为意。黎明，侍者以犬毙闻。因大惊，乃策杖至堤头，杜迎门谓曰："何出之早也？"延僧坐。僧曰："昨夕檀越家岂有子孙之庆乎？"翁对以息妇夜生一男。及询以何由而知，僧遂以梦告。翁亦骇异，因许之为浮屠，令以披缁剪发，法名缘新。鼎人率知之。

卷第六

王　少　保

少保王公明开宝八年乙亥拜秘书少监黄州刺史。时王师问罪金陵，公帅师入豫章，市不易肆。至戊寅岁受代，徙传舍。有黄衣来谒，延之坐。乃曰："公总兵入州，洎解任，不戮一人，惠及物者大矣，阴骘垂祐无疆。"袖中出一通青纸，朱篆数幅，曰："他日舟至大孤山，当有黄衣来谒，必能识之。"才出门即不见。及至大孤山，果有黄衣吏至，公大喜，亟召见，即以篆文示之。乃曰："请纸笔，易为真字。"即"乌犀丸"方，书毕而去。公神其事，遂依方合之，服者无不效。盛太尉乃太保之孙女婿，得黄衣亲书本。盛疾作，服之亦愈。

范　参　政

文正范公仲淹字希文，天圣中以帖职通判陈州。时郡守以太夫人疾病，召一道士，俾奏章祈祐，筑坛于正寝。郡守召公预其事。公窃笑曰："庸鄙小人，安能达章帝所耶？但郡守以太夫人之故，多方以图安耳。"既而复谓道士曰："仲淹将来休咎，可得知之否？"道士曰："唯俟至天曹问之。"既而秉简赍章伏于坛，自乙夜至四鼓，凝然不动。试扪其体，则僵矣。殆五更，手足微动，遂扶坐于床，饮以茶药。良久，谓郡守曰："奉贺太夫人，尚有六年寿，所苦不足忧也。"又谓公："禄寿甚盛，必入政府。"郡守问："今夕奏章何其久也？"道士曰："方出天阁，遇放明年进士春榜，观者骈道，不得出，是以稽留。"公益不以为然，问曰："状元何姓？"曰："姓王。二名，下一字墨涂之，旁注一字，远不可辨。"既而郡守之母疾苦寻平。明年春榜，状头乃王拱寿，御笔改为拱辰。公始叹道士之通神。事闻之毕国傅仲达、陈著作之方云。

麦　道　录

麦道录本宦者,尝为入内供奉官勾当事材场。一日出西水门,有丐者死于汴河岸之侧,有败席短杖。时方大雪,独不积其身。麦异之,为市衫裤麻屦故巾,瘗之于隙地。他日奉使鄜延,至蒲坂北一邮置,有一贫人诣门请见,仍云:"尝受恩,故来致谢。"麦召见,询其由,曰:"自顶至踵,皆君所赐也。"麦罔然良久,方省瘗丐者事。乃延坐与语,屏左右,移时而去。麦既回京,发瘗,但见席杖而已。麦遂弃官为道士,为左街道录,年九十余卒。闻之于朱左藏允中。

杨　道　人

杨道人者,不知何许人也。往来郢之京山县、丰国范顿市中。好与小儿戏狎,虽大寒甚暑,而未尝巾帻衣裳,惟裸露。而或以衣服赠之,旋即施与丐者。故人尤恶视之。往往逆知人中心事。复州苏绎寺丞得一烧朱砂银法,试之有验,往见之。杨即前曰:"涩涩酸,朱砂烧尽水银干。"更不复语。又彭长官者,欲求地葬其母,以纸干之,乞数字。直书云:"翻车二十五千。"既而果于翻车村得其地,以二十五贯市之。熙宁癸丑岁,辛子仪令京山,杨每来谒之,赠以衫帽,或留宿外斋。虽设衾榻,密视之,已安寝于地矣。未几,索纸笔,横作二画,自一二三四书讫,授子仪。谛视之,乃"四"字也。果至四月而乃父弃世。道涂商贩皆云见其死于数处矣,而形状不改。熙宁七年,卒于范顿豪民张绛家,为买棺埋于市侧。市民朱如玉方容京师,是日见杨来访,不交一言。后朱自京师回,白县,开其藏,惟空棺耳。其异迹甚多,能记其一二也。辛都官子京录示。

李　芝

广州新会县道士李芝,性和厚简默,居常若愚者,间为两韵诗,飘飘非尘俗语。常读史传,善吐纳辟谷之术,肤体不屡濯,自然洁清。发有绿光,立则委地。所居房室不施关键,邑人崇向施与金钱衣服无算,人取去,未尝有言。或召设祠醮,一夜有数处见者。至和中多虎暴,芝持策入山,月余方出。谓之曰:"已戒之矣。"自此虎暴亦息。余至和中亲见之,今则尸解矣。

张　　白

张白字虚白,自称白云子,清河人。性沉静,博学能文,两举进士不第。会亲丧,乃泣而自谓曰:"禄以养亲,今亲不逮,于禄何为?"遂辟谷不食,以养气全神为事,道家之书无不研赜。开宝中,南游荆渚。时乡人韩可批为通守,延纳甚欢。会朝廷吊伐江吴,军府多事,因褫儒服为道士。适武陵,寓龙兴观,郡守刘公侍郎﹒、监兵张延福深加礼重。尝以方鉴遗张曰:"收之可以辟邪。"白韬真自晦,日以沉湎为事,傲乎其不可得而亲者。往往入廛市中,多所诟骂,切中人微隐之事,众皆异之。每遇风雪苦寒,则必破冰深入,安坐水中,永日方出。衣襦沾湿,气如蒸炊,指顾之间,悉以干燥。或与人为戏,仰视正立,令恶少数辈尽力推曳,略不少偃。又或仰卧,舒一足,令三四人举之。众但面颊,其足不动。居常饮崔氏酒肆,崔未尝计其直。家人每云:"此道士来则酒客辐凑。"尝题其壁云:"武陵溪畔崔家酒,地上应无天上有。南来道士饮一斗,卧在白云深洞口。"自是沽者尤倍。南岳道士唐允升、魏应时,亦当时有道之士也,慕其人,常与之游。白天才敏赡,思如涌泉,数日间赋武陵春色诗三百首,皆以"武陵春色里"为题。一旦称疾亟,语观主曰:"我固不起,慎勿燔吾尸,恐乡亲寻访。"言讫而绝,身体润泽,异香满室,倾城士女观瞻累日。为买棺葬于西门外。逾年,监兵罢归,其仆遇白于扬州开明桥,问:"方鉴在否?为我语汝郎,斯鉴亦不久留。"仆归,具道。张骇曰:"渠死久矣,汝何见邪?"寻索鉴熟视,随手而碎。又鼎之步奏官余安者,以公事至扬州,亦遇白携大葫芦货药,亟召安饮于酒肆,话武陵旧游。数日,安告行,白曰:"为我附书谢崔氏。"余归致书,崔氏览之大惊,遽掘所埋棺,已空矣。

白注《护命经》,穷极微旨。又著《指玄篇》五七言杂诗。唐、魏集而名
为《丹台》,并传于时。大抵神仙之事见于传记,若白之解去,此耳目
相接,年祀未甚远。今室而祠之,不惟众所瞻仰,抑将传信于永世也。
斯皆柳应辰职方撰祠堂记略云。

静　长　官

　　静长官,真定人,登明经第。寡嗜欲,好道家修摄事。一旦弃妻
子,游名山,数年不归。天圣中,先君与亲旧杜获、向知古会于磁州慕
容太保之第。始然烛,叩门颇急。启之,乃静也,缊袍皂绦,布巾芒
屦。把臂甚喜,询其所往,曰:"自别浪迹于山水间,良惟素志。今将
归真定视妻孥,闻诸君会此,故来相见。"既饮,静曰:"方道旧为乐,而
酒薄,不可饮。某有药,以资酒味。"于小囊中出药一粒,如弹丸,投瓶
中,复羃口。良久饮之,气味极醇烈。夜漏上四鼓,诸公皆酩酊就寝。
鸡既鸣,静独谓仆夫曰:"或诸公睡起,报云我且归真定也。"既晓,相
与叹静药之为神。亟命健仆走真定,问其家,云未尝暂归。余前年寓
洛下,有医助教靳袭者,于其家常帷一榻,枕蓐甚洁。人问其故,曰:
"以待静长官。静今隐嵩少间,岁或一至,或再至。"靳氏以神仙事之。
尝以方书授靳,由是医术大行,家资数千万。静今年逾百岁,状貌止
如四五十人,洛人多知之。

率　子　廉

　　衡岳道士率子廉,落魄无他能,嗜酒,性狠悖。于事多不通,易辱
人以言,人亦少与之接,故以"牛"呼焉。居山之魏阁,景甚幽邃,而子
廉慵惰,致芜秽委积,而弗加芟扫,以是景趣湮没,阁宇圮坏。游者以
其境污人陋,亦罕到焉。故礼部侍郎王公祐以中书舍人守潭州,立夏,
将命祀祝融。至衡岳,游览佛寺道庙殆遍,因访所谓魏阁者。群道士
告以摧陋无足观,而王公坚欲一视。及至,则子廉犹醉寝。王公入其
室,左右呼索之,而子廉醒未解。徐下榻,拭目瞪视王公,久之乃曰:

"穷山道士遇酒即醉,幸公不以为罪。"左右皆股栗,而王公欣然无忤。其应答之言虽甚俚野,而气貌自若。王公异之,遂载与还郡,日与之饮酒,所以顾待之甚渥,人亦莫谕何以致然也。间辞归山,复止魏阁者又半年,然王公问遗时时至山,复作诗二章寄之。一日,忽谓人曰:"我将远行,当一别舍人。"即日扁舟下潭谒王公,且曰:"将有所适,先来告别。"公曰:"往何地?"则曰:"未有所止,缘某一念所诣,则翩然径行,恐尔时不复得别,故预耳。"王公留与之饮。居二日,辞归魏阁。至之日,以书别衡山观主李公。盥浴饰服,焚香秉简,即中堂而蜕去。闻者惊异。李为买棺厚葬之。殆半岁,有衡岳寺僧自京至,于安上门外见子廉,云:"来看京师,即还。时蒙李观主厚有赆行。"怀中出一书,附僧为谢。李发其封,真子廉之书也。人皆叹王公之默识。张都官子谅言。

许　偏　头

成都府画师许偏头者,忘其名,善传神,开画肆于观街。一日,有贫人弊衣憔悴,约四十许,负布囊诣许,求传神。许笑曰:"君容状若此,而求传神,得非有所禀而召仆也邪?"曰:"非也。闻君笔妙,故来耳,幸无见鄙。"即解布囊,出黄道服一袭,又出一鹿皮冠,白玉簪,遂顶矣,引其须,应手而黑且长矣,乃一美丈夫也。许大惊,谢曰:"不知神仙降临,前言戏渎,诚负愧惕。"道人笑曰:"君可传吾像,置肆中,后当有识者。或求售者,止取一千钱,不可逾也。"许如命。写讫,未及语,携囊而出。许拜谢,已不见。许遂陈所传像于肆,有识之者曰:"此灵泉朱真人也。"求售者日十数,许家资遂日益。后以贪直,画且不给,每像辄云二千。是夕,梦道人谓曰:"汝福有限。吾尝戒汝,不可妄取厚直,安得忽吾言,促其寿也!"遂掌其左颊。既寤,头遂偏,自是呼为许偏头。庆历中,许年八十余,方卒。朱真人者,乃朱居士桃椎也,见《唐书》列传、杜光庭《列仙传》。事得之裴长官公愿云。

张　翰

张翰，江陵人，业进士。其父前妻生三子而亡，父再娶窦氏，翰，窦出也。窦之生岁月日时不利于夫，遂减岁迁就吉辰而归于张氏。间与厥夫祷嗣于归真观之三清殿，祝辞以所减之齿告焉。继育数子，而翰父物故。会归真观火，窦密以镪五十万与道士修殿宇。少时，窦亦死。后数岁，翰忽为神所凭，以手执簪，鞠躬曰："听圣语：窦氏以诈伪之岁诬罔上真，又弗询于子，私用家资，已受考于阴府，今则为异类矣。"事皆秘密，众所不知者，如是不一。繇是荆人率闻之。噫！女子增减其年以利适人者，为过虽小，妄以告神则罪大也。专取家帑以用构祠堂，不俾子知，神尚责怒，矧非理而用者乎？

卷第七

张　龙　图

龙图张公焘，即枢密直学士奎之子也。枢直为殿中丞，日奉朝请，在京师税宅于汴河南小巷中。居常闭关。一日，有人叩门颇急，大呼曰："小师入去，何故便不放出？"张起视之，乃一老道士也，疑其狂且醉，不复与之校量。良久乃去。邑君先妊娠，是夕生焘。焘景祐元年第进士甲科。后尝误食犬肉，梦黄衣使者逮至一府，宏丽如宫阙。见一道士，谓曰："何故食厌物？"张自辨致曰："非敢故食，误耳。"道士曰："若然者，且止此。吾为若言。"少选复出，谓张曰："可谢恩。"乃引至一殿前，通曰："张焘误食厌物。"谢既再拜而寤，汗流浃体。景元神骨清粹，襟怀夷旷，岂非仙曹之被谪者欤？事闻之张容省元云。

孙　副　枢

宝元中，副枢孙公沔自小谏以言事左迁，监永州市征。尝梦一道士，喻以牵复之期。又曰："吾有少田在部下，为人所盗，可为正之。"俄而孙移倅长沙，因祠岳庙，遍游道观佛寺。至九仙观，见王真人像，克肖梦中之见者。询其公财岁入，则云有田数百亩，为邻畔有力者所侵。遂檄县穷究，尽取故田还之。观乃梁天监中建，后废，唐刺史张觌复加营构。庭有磐石如坛，上可坐三十人。九仙者皆轻举于是地：晋道士陈兴明、施存、尹道全，宋徐灵期，齐陈惠度、张昙要，梁张始珍、王灵舆、邓郁之也。建昌李觏谋祀，章岷书石。

芙 蓉 观 主

庆历中，有朝士冒辰赴起居。至通衢，见美妇三十余人，靓妆丽服，两两并马而行，若前导。俄见丁观文度拥徒按辔，继之而去。朝士惊曰："丁素俭约，何姬侍之众多邪？"有一人最后行，朝士问曰："观文泊宅眷将游何处？"对曰："非也。诸女御迎芙蓉馆主耳。"时丁巳在告，顷之，闻丁卒。辛都官子言云。

曾 屯 田

屯田外郎曾公奉先嘉祐中知惠州。守居有蔬圃，役老卒守之，灌莳尤力。凡曾所欲之物，必先致之。呼而问之："汝常逆知吾意，何也？"老卒曰："偶然耳。"再三诘之，但唯唯而已。曾自此善待之，时赉之以酒食。一日薄暮，老卒白曾曰："荷使君厚顾，某非碌碌者。今夜三鼓，乞使君一到园中，有秘术上闻。"曾欣然许诺。及期，将具公服诣之，家人皆曰："岂有郡守夜半公裳谒一老卒哉？"遽止。黎明，报园子物故，仍于腰下得白金数十两。曾惋叹不已，买棺殡于野。数月，有人自广州来，园卒附书为谢。视其墓，四周摧陷，柩悉破露。发之，但缊袍巾屦在焉。曾以谓尸解也。追悔自咎者累月，因而颇失心。

郭 上 灶

郭上灶者，不知何许人。天禧中，尝以备雇，瀹汤涤器于州桥茶肆间。一日，有青巾布袍而啜茶者，形貌瑰伟，神彩凛然，屡目于郭。郭亦既疑其异人，又窃觇于袖间引出利剑。郭私念曰："必吕先生也。"伺其出，即走拜于前曰："际遇先生，愿为仆厮。"吕不顾东去，郭乃尾后。至一阒处，吕回顾曰："若真欲事我耶？可受吾一剑！"郭唯唯延颈以俟。引剑将击，郭大呼，已失吕所在，乃在百万仓中，巡卒擒送官，杖而遣去。自此京城里外幽僻之所无不至，见人必熟视良久方去。问之,则曰:"我寻先生。"自此十年余,不知所在。天圣末,有赵长官者,家居磁州邑城镇之别业。忽有丐者缊袍而来,见赵再拜曰:"某郭上灶也。"赵亦尝识之,遂问:"见先生否?"郭曰:"周天下不之见,今为大数垂尽,故来求一小棺,以藏遗骸。"赵大以为妄,问曰:"何日当尽?"曰:"来日午时。"赵曰:"若然,当为汝买棺。"仍告曰:"棺首开一穴,将一竹竿,通其节,插穴中,庶得通气。"赵虽唯之,殊谓不然。明日午时,汲水浇身,卧槐下,遂绝。赵大异之,为造棺。河朔乏竹,取故伞柄,通其中,插棺首,瘗之于河岸。仍恐为狐犬所发,植棘累石以固焉。其年秋,大雨,河水泛涨,数日乃退。赵虑其枢为水所漂,策杖临视,其棺果露而四际亦开。以杖拨之,但见败絮,是亦尸解矣。赵尝为先君言之如是。

牛 用 之

道士牛用之,真定人。幼逮事常铁冠,常铁冠,邢州人。有道术,祥符中得召见。后隐泰山,复游天台,颇得考召符禁之术。自余杭游姑苏,落魄不事仪检。好饮酒,啖葫蒜犬肉。或传其有道术者,人不之信。庆历中,薛公纯中舍监苏州市征,尝外嬖一官妓。其妻李氏,性悍妒,不胜忿怒,谋害其夫。俟薛醉归,以刃贼其要害,家人救之获免。会李之父母过姑苏,闻之,俾其弟持药饮之而毙。即夕为厉于薛氏,击户牖,碎器皿,或灭其灯烛,或啸于堂庑。遂召巫觋辟除之,不能去。不得已,乃告牛,曰:"此细事,今夜可除之。"乃设酒馔于正寝,召数客共饮。既夕,牛设一案于厄下,上置铜铎。始乙夜,铎忽鸣,沿案足而下。去地尺余,如人携持,鸣振而去,久乃不闻。牛曰:"俾追捕女厉耳。"逮四鼓,铎声自南来。俄顷入门,坐客如负冰雪,毛发尽植。牛乃取一榻,临案而坐,如有所诘。问曰:"汝谋杀夫,死实其分,得不弃市乃大幸也,安得更为祟厉,以扰其家?"少选,又曰:"汝若不见听,吾当请帝,锢汝于石室中。如止要冠珥裈褥之类,翌日当与汝。"遂丁宁诫励,遣去。明日,遂具其所要洎楮镪数十万,燔之城外。女厉自兹不至。牛后亦不知所在。郁林州推官崔迪,其夕与牛同饮于薛氏之馆,目睹斯事。

毕　道　人

毕水部田,潭州人。有季父,幼嗜酒,不治生。尝游江湖间,衣弊褐,携一扇怀袖间。置沙数合,偶有所适,则藉地取沙写风云草木、蛟龙禽兽之字,以扇扇之殆尽,乃欣然而去。尝有贾姓者过洞庭,方离岸,为暴风所漂,几至沉溺。忽见一人循岸,以扇招之入。舟渐逼岸,遂获免。贾德之,默记其形状。乃舣舟寻之,不复见矣。旬日,贾到长沙,偶于阛阓见之,邀归酣饮,出金帛衣物为谢。毕曰:"汝舟免溺,余何力焉?"固辞不受。强之,乃取衣服数事。旋以施贫者,一无所留。其后竟不知所在。得之李林宗秘校。

段　　穀

段穀者,许州人。累举进士,家丰于财。后忽如狂,日夕冠帻,衣布袍白银带,行游廛市中。讴吟云:"一间茅屋,尚自修治,信任风吹,连檐破碎,斗栱邪欹,看看倒也。每至"倒也"二字,即连呼三五句方已。墙壁作散土一堆,主人永不来归。"遇其出入,则有闾巷小儿数十随而和焉。人以狂待之,不以为异。庆历末病死,权厝于野。后数年营葬,发视,但空棺耳。王允成承制在许州亲见之。

方　道　士

方道士,失其名,不知何许人,隐于涂阳之西山。磁州有护国灵应公祠,每岁二三月,天下之事神者四集,所献奇禽异兽、巧工妙伎、珍肴异果,无所不有。至期,邻郡之亡人多会于祠下,游览宴聚,以至夏初社人罢去乃归。方道士无岁不来,常以九蒸黄菁以遗交旧。一岁忽不至,皆谓徙居他山,或以为物故。明年春,城隍庙神座后有死人,埃尘厚且寸余。官吏将检视,忽振衣而起,乃方道士也。复陪诸君醑饮，月余乃去。自是不复来。_{闻之学究向知古云。}闻之学究向知古云。

高　阆

高阆，蜀人也。本姓向，名良。少为郡吏，抵罪亡命，遂易姓名焉。虽眇一目，而神检高爽，善诗。来往江湖间，深得养生之术，饮酒至数斗不乱。许郎中_申为江东转运使，每按部，必拉之同行。尝舣舟贵池亭，有九华李山人者，与高有旧，因谒。许延之，使饮，各尽二斗余，殊无醉态。高取钓竿，谓李曰："各钓一鱼，以资语笑。然不得取蟹。"乃钩饵投坐前罾罧中。俄顷，李引一蟹出，高笑曰："始约钓鱼，今果取蟹，可罚以酒也。"后死于滁之琅琊山僧寺。将终，以玉笛授僧曰："此开元中宁王所吹者。"然不知是否，时已几百岁矣。_{许申孙子闻海言。}

孙　锴

孙锴，不知何许人也。祥符末，尝读书于镇州西山之书院。一日采药，迷入深山，见茅茨数间，有道士据榻而坐。孙再拜问归路，道士俾坐，熟视曰："穷薄人也。今既遇我，当使汝足于衣食。"既而与丹砂一块如拳，又授以一符，曰："可以召鬼。"及教以符篆，谓曰："今岁河朔大疫，汝以此砂书符售之，一符止取百钱，不可过也。召鬼之符止可一用，盖救汝之祸也。再用则不灵。汝其志之。"既出山，鬻符于市，果能愈疾。锴遂市一牛骑之，戴铁冠，披绛服，流转至大名府。时太尉王公_{嗣宗}守魏，擒而械于狱，将以妖诞惑众黥配之。锴谓狱官曰："锴非造妖者，间遇神人见教耳。乞乘间白之，言锴能令人见鬼及其祖先。"王闻之，乃曰："昔刘根尝有此术。"命释缚试之，果然，遂送阙下，补司天监保章正专主符禁事。后砂尽术衰，遂逃去。宝元中，尝诏天下捕之。

杨　贯

杨贯，开封府宁陵县人也。尝两举进士，不预荐送，即改业明法。人或笑之，曰："我诵法令，苟得入仕，则官业已精熟矣。"一夕，梦五色光来自西南，入寝室。光中有一道士，叱贯令起，谓之曰："汝速今三为人矣。始为屠；次为人女，既笄而自缢；今乃得为士人。尔顶有戴笄，颈有投缳之痕尚在，可视也。"贯曰："人之肤理万状，安可便以屠者洎女子相诬乎？"道士曰："尔以为不然耶？"遂怀中探一鉴，令视之，则鼓刀、施朱之状宛然。贯即再拜谢，又乞谕向去休咎。道士曰："尔寿过中年，官至令。"既寤而大异之。明年，遂得明法出身。治平二年，调邛州录事参军。今沅州推官吕昭吉，时任司寇，屡与之饮，数爵之后则颈上绠迹甚明。询其故，贯具言梦之本末。及披发，见肉胝圆五六寸，若窭数然。年逾五十，授潞州潞城县令，到任而终。

张　酒　酒

道士张酒酒，失其名，不知何许人。天圣中，主西都张水县之天禧观。善淬鉴；经其手则光照洞澈，他工不可及。或时童稚持鉴来治者，遇醉则或抵破之，或引之长三尺。小儿惊呼，乃笑曰："吾与若戏。"乃取药传其上，以败毡覆之，摩拭良久，清莹如故。得钱唯买酒，未尝一日不醉。一旦，拂衣入王屋山，立而尸解于药柜山中。始，村人见有人立于岩石之上，久而不去，经旬往视之，故在，遂闻于乡。啬夫就而察之，乃一道士拱立且僵也。啬夫以为不祥，推仆之。邑尉检视，顶有一窍，如鸡卵大，殊无血渍，面色如生。尉闻啬夫推仆，鞭之。即瘗放于解化之地。

卷第八

明　参　政

　　明参政镐器识恢敏,才学优赡。第进士,出入台阁,累历显要。庆历中,自京尹入参大政。未久,疽发于背,遣使致祭于岱宗,以祈冥祐。使者驰至岳庙祭讫,是夜宿庙下。睡中大厌,从者呼觉,曰:"梦神呼我立殿庭,见百余人拥一荷校者,熟视乃参政也。既而杖背二十驱出,我不觉大呼。"遂奔骑而归。明已沉困,召使者问祭之夜梦中奚睹,具述所以。明曰:"然。"又云:明始病数日,即似荒乱。有郎官某人,乃明之同年进士,素相厚善。明俾召至,谓曰:"何以不来相视?"郎官曰:"比为参政暂请服药假,不意实抱疾耳。"明曰:"曾见无头鬼语否?"郎官大骇,曰:"岂未朝餐乎?"曰:"已食矣。"又曰:"岂未饵汤剂乎?"曰:"已屡进矣。"曰:"然则斯言何谓也?"明曰:"召同年正欲说此事。"又曰:"来矣,可听之。"郎官使闻如游蜂、苍蝇鸣地下。明曰:"语乃胸中出。向者妖贼据甘陵,奉朝命攻讨。外围既固,攻具备设,平在旦夕,不意文相国来抚师,将坐而收功。心实忿之,遂妄杀数人。今实称冤于我,病其不起乎!"数日,遂卒。夫为将三世,道家所忌,谓攻城野战,玉石难分耳。明以己之私忿杀无罪者,宜乎见厉于垂死,嗣续泯而不振也。

徐　学　士

　　熙宁中,徐学士禧始受职官中书,习学公事,自豫章侍亲之阙下。舟行次彭蠡湖,昧爽而行,期早抵南康军。俄而水面白雾四起,始虑风作,促舟人疾棹。未四五里,雾稍开,见二朱漆万斛巨舰,旌旗赫奕,摇橹者肃而不哗,相去百余丈,东南而逝。未二三里,又见朱舰,间以金碧幡斾,尤鲜华,亦相踵而去。少时又逢二白舰,载甲士数千,戈戟森列,尾三舟而行。徐之舟人既见,俯不敢正视。然望其船远而益小,泊抵他岸,皆若一履。宫庭湖庙,水经具载其灵。近传有小龙者多出处其中,岂其灵变耶? 徐学士尝言。

鱼 中 丞

中丞鱼公周询,天圣四年第进士甲等。初命大理评事,知济州金乡县。尝昼卧书阁中,有守阁老卒入白事,但见乌蛇蟠于榻,矫首冠帻,叱声甚厉。卒走出,呼侍吏共视之,乃见熟寝未寤。后至御史中丞而卒。张都官居方云。

祖 龙 图

祖龙图无择始登第,倅通齐州。岁余,得告归蔡州营葬,事毕复任。后春季检视官物,于禹城县过石河滩沙中得片石,上有数十字,乃葬其先君之志也。遣人视坟垅,无一抔之缺,竟不测其所从来。范郎中徽之言。

尚 寺 丞

司勋外郎尚公霖,祥符末以殿中丞知夔州巫山县。有尉李某者,山东人,颇干敏。一旦疾病,尚闻其委顿,日往临问。曰:"万一不起,可以后事告也。"尉曰:"愿以老母幼女为托。公傥垂仁恻,某虽死,敢忘结草之义乎!"尚泫然愍之。既死,出俸钱送其母及骨函还乡里,嫁其女于士族。一夕,梦李如平昔,拜且泣曰:"某恳求于阴官,今得为公之子,以此为谢耳。"是月,邑君妊娠。明年解官,沿流赴阙,或遇滩险,隐约见尉在岸上指呼。将抵荆渚,又梦李报曰:"某明日当生,府中必送一合来,宜收之。"翌日,果诞一男子,府尹以合贮粟米遗尚曰:"闻邑君育子,以为糜粥之具。"因字颖,曰合儿。颖性纯厚,敏于行而笃于学,官至大理丞。张稚圭说。

高 舜 臣

大名府进士高舜臣尝言:其从兄祥符中为衙校,董卒数百人,伐木于西山。一日,入山督役迷路,闻乐声合作于山谷间。寻声视之,见妇人数十,衣服华丽,执笙竽会饮于磻石上。居席首者召高坐其侧,亦及以酒肴。谓曰:"吾欲妇汝何如?"高但愧谢。又曰:"汝今归寨中,吾将继至。"是夜果往,高亦恍然不测。自此遇夜即至,室中帐帟枕褥之具备设,晓复失之。若此者逮一月。役兵取材既毕,与高同归。高之父母闻之,大惊曰:"此子为石妖木魅所惑也!"因即东庑而居。家人视之,则装寝之具、冠衣之类悉已张陈。高氏家人亦罕见其面,或见其冠珮,或见其裙襦而已。家属相与忧惧,虑久而致祸,乃召巫觋,具符水禳诅之术。女子笑谓高曰:"我岂妖怪害人者,何见疑之深也!"俨然殊不顾,高氏家亦无奈之何。居半岁,高氏会客,烹牛为馔。女子见而大骇曰:"我以君积善之家,故愿奉巾栉于子,亦将福汝家。不意暴恶之如是。君家固不当留,亟送我归也。"高白其父母,闻而大喜,立俾其子送之去西山数舍。其夜不至,高亦不敢复前,但望山怅恨而归。高氏子竟亦无恙。大名进士陈伦因言神怪而及之,亦未以为信。治平初,予为大名钤兵,进士王詹亦道其事,与陈说正同。舜臣后以累举推恩得州长史。

王　庆李颙附

诸司副使王庆,皇祐中差知丰州,性刚暴,刻而少恩。一日视事,忽觉头昏,痛不可忍。扪其首,生两角,仅二寸许。数日大叫而死。

有李颙者,景□初登进士第,性豪荡不检。为邢州观察推官,病疫死。既敛,其顶发如珠,有二角长一寸余。左藏朱允中、大邑主簿王纲言。

孙　翰　林

庆历中,杨内翰伟郡封坐堂上,见一老妪蓬髻敝衣,径入子舍。询何之,不应。顷之复出,语云:"郎君教我来,老息妇不敢自专。"遽呼左右逐之,出中阃,即不见。乃召子妇诘之,云:"老妪言来日郎君欲就息妇房中宴饮,方责其妄语,即便走出。"举家惊愕。翌日,宅中浓雾昏塞,子舍尤甚,辛螫口鼻,不可向迩。门阃不能开。久之,闻语笑歌管之声。自辰至申,昏雾渐释,排户而入,询其所以。云:"有一少年与我欢饮,器用珍丽,筵设华焕,饮馔音乐,无不精美。我亦忘身为杨氏妇也。"然精神颇亦失常。即召刘捉鬼者禁劾之,不能已。闻翰林孙郎中专主符禁,亟俾视之。曰:"此鬼庙在东南三十里,将为神矣,何敢为如此事?"遂书二符,致妇寝室之门。又曰:"知某今日到宅,明日定不来,更一日必至。宜令其夫泊女使二三人守之。鬼若不得入妇室,当变怪于外,盖欲诱之出也;出则不可治矣。"越一日果至,虽昏雾如初,独不入子舍。俄而郡封中恶,妇欲奔视,制之不得出。少时雾气解散,郡封亦复故。孙乃与杨公假静宅作坛奏章,自兹不复来。孙云:"已囚海上石室矣。"庆州察推张伟尝言之。

黄　遵

黄遵者,家兴国军。性疏放,颇知书而能丹青,善传人之形神,曲尽其妙。事母笃孝,凡得画直,未尝私畜,供甘旨外,悉归于母。庆历中,遵忽感疾而死,凡三日,心尚暖,母不敢敛。是夕遵复苏,家人扶坐,问皆不语。遽索纸笔,图一人形容,良久乃语:始入一公府,见廊庑肃静,皆垂帘。闻吏通曰:"兴国军黄遵今追到。"有吏问遵曰:"尔黄遵耶?"遵曰:"唯。"前谓吏曰:"遵未尝有过,何以见逮?"吏曰:"尔筭尽,乃至此。"遵方知身死,遂号泣拜曰:"母老,无兄弟,乞终母寿。"吏曰:"此不敢与闻。"遵拜泣不已,吏哀其诚,乃曰:"俟主者来,若自告之。"移刻,两庑吏喧然,曰:"至矣。"一吏升堂轴帘,东北隅有户洞开,朱吏数人前导。见一人紫衣金带者升堂坐,诸吏仅百人列阶下,致恭毕,分入诸局。始见领数十人,荷校者、露首者,至紫衣前讯讫驱出。已而呼遵,问里闬姓名。遵号恸叩头拜曰:"念母老无兄弟,遵若死,母必饿殍。乞终母寿。"遵叩阶额血溅地。紫衣顾左右索籍视之,久乃谓曰:"汝母寿尚有十余年,念尔至孝,许终母寿。"紫衣以笔注其籍,命左右速奏覆。遵拜而出,复呼之,命俯阶庀,问曰:"汝在人间与人传神者是乎?"遵曰:"愚昧无能,仅成其形耳。"又曰:"尔识我否?"遵曰:"凡目岂识神仪。"曰:"我乃人间所谓崔府君也。尔熟视吾貌,归人间写之。然慎勿多传,若所传惟肖,恐人间祭祀不常,返昏吾虑。记之勿忘。"自后遵在兴国,凡所写者三本,正一画于地藏院,二为好事者所取。厥后十年,母以寿终。既葬,服除,遵一日遍辞亲识,因大醉数日而卒。前进士朱光复尝游兴国军,熟知其事。

刘 德 妙

宝元中,夏英公为陕西路安抚招讨使,驻兵鄜畤。尝与僚属言:向自知制诰出守安陆郡,有羁管妇人刘德妙,言事颇中,因呼而问之:"尔有何能,为丁晋公所知?"刘曰:"某本捧日军之营妇也。尝出诣亲家,憩于汴上柳阴。忽一人巾帻紫袍,就己而坐,云:'是扶沟县录事,有事之府,溺水而死。诉于阴官,俾我复生,至则身已坏,然尚得处于阳间。今欲凭附于汝。我能知人未萌之休咎,言既验,人必以愍谢。汝若事我,以此为报。'某惧,不敢答。洎归,鬼亦随至,他人不见也。夫亦不信,则夫妇皆苦寒热呕泄,不得已而事之。始则火伍中人来占事,悉验。俄而里巷皆知,既而公卿之家呼召相继。晋公不欲营妇出入卿相之门,遂度为女冠。丁公南迁,某亦连坐,编致斯郡。实无他术,但萌于心则鬼知之。"夏曰:"吾心有一事,尔知之否?"刘曰:"知之,但乞先书而糊其外,方敢言也。"某是时苦家贫,干执政求知益州,遂屏左右,书毕,封置于案。刘言如所书,仍云事亦不谐。既而果然。予榷酒于雕阴,具闻其说。

税　道　士

景祐中,利州道士税某善妖幻沰符禁之术。利之富民或有所求不与者,即为坛于密室,置大桶于前,被发仗剑,追其魂神入桶,覆之以石,其人乃病。然后假以符水,或祠醮,厚谢以财,乃去石遣之,其人遂愈。市井有鬻笼饼沰诸肉者,求之即愈,不尔遂化为白鸽飞去,或即虫出。利人皆神而畏之。尝怒一僧,遇野外,作法叱之。僧足如植,手亦不能举,恣行鞭棰。僧密讼于官,命贼曹擒捕。先沃以犬彘之血,术无所施。狱具,遂斩于市。

寇　莱　公

寇忠愍初登第,授大理评事,知归州巴东县。时唐郎中渭方为郡,夕梦有告云:"宰相至。"唐思之,不闻有宰相出镇者。晨兴视事,而疆吏报寇廷评入界。唐公惊愕,出郡迓劳,见其风神秀伟,便以公辅待之。仍出诸子罗拜。唐新饬鞯靮,致厅之左。寇既归,其子拯白其父曰:"适者寇屡目此,宜即送之。"寇果询牙校:"何人知我欲此?"遂对以十四秀才。既而力为延誉,拯于孙汉公榜等甲成名。

魏　进　士

建州进士魏某者,富有词学,履行温愿,家亦颇丰。天圣中,屡冠乡书。既预计偕,梦一衣绯衣人,命徒执之弃市。始谓必捷科第,既而不利于春闱,凡三举皆然。后归乡间,有邻里少年对语不逊,因掌之,即仆地死。警卒捕送于官。时裴郎中守是郡,闻其学行为众所推,欲骫法脱之,阖郡官吏亦为之言。而魏白郡守曰:"某杀人偿死,职也,安敢仰累明公。某三预荐书,必梦绯衣人命徒执赴市就刑。今明公姓裴,乃绯衣也,某邂近一掌致人于死,市死乃前定也。"将刑,一郡士庶,无不为之嗟惜。管师复言。

德　州　民

　　德州德平县民某氏者，父子数人，耕田甚力，家颇丰厚。其弟素贫，佣以养母，兄未尝有甘旨之助也。庆历中，新构瓦室三楹，所居前后植柳数百株，枝如拱把。一夕大雷电，野叉数头相逐绕其居，折柳尽髡，牙击屋瓦。明日视之，无一瓦全者。泥淖中足迹长二尺余，柳棓悉长三四尺，皮尽剥，莹滑如削。远近居民悉取而藏之。予尝亲至平原，人说如此，亦见其所折柳枝。

卷第九

毛　郎　中

毛郎中晦熙宁初年惟一妻一子，处家于荆州。常有一女厉，朝夕在其家，语言历历可辨，自称田芙蓉。家人出入动静，无不察也。言与邑君有宿冤。或问："何不遂报之？""渠尚有数年寿耳。"然所须之物，往往应索而至。久之厌苦，邑君谓曰："吾为汝修功，果能他适乎？"鬼曰："善。"因赂二僧，俾诵佛书，具疏燔之。鬼去数日复来，曰："僧之诵经妄矣。止诵一卷，余则未尝读也，是以复来。"语其僧，果然。邻家毁之曰："此邪魅也，何足畏！"鬼大骂，发其帷幕之私，曰："此乃邪尔！"常曰："我今往瓦市游看。"毛密遣仆，使探其伎艺者。归而询之，一皆符合。其后，毛之子中庸调补永之祁阳簿。舟行次石首县，鬼继至，曰："解缆何故不相告，俾我昼夜奔赴百余里，足今跰矣！"至零陵二岁，邑君卒，鬼自是而绝。余在荆州亲见。

崔　禹　臣

崔禹臣熙宁初以职官知潍州北海县。冬夜坐书阁中，窗外有小圃，闻若环珮声，又如往来诵佛书者。月色微亮，穴窗视之，见一物长七尺余，周身白毛熠耀，口中咄咄不已。遽呼从人擒之，乃鬼也，面黟发蓬，身萦藻荇，冰乳四垂，行则丁冬。遂以梃殴之，大呼曰："我为若有灾来，此念经消禳，何谓捶我也？"即命左右互以巨梃痛击，终不能毙，刃之不伤，火之不灼，但觉缩小，长三尺许，遂锢缚。既晓，投之大水。良久，跃高丈余，已复如旧。少选遂没。是年崔以公事失官。崔亦自有传。陈向秘丞言。

张 郎 中

张郎中荐，高密人，登明经第。山东风俗，遇正月，取五姓处女年十余岁者，共卧一榻，覆之以衾，四面以箕扇之。良久，有一女子如梦寐，或若刺文绣，或若事笔砚，或若理管弦。俄顷乃寤，谓之扇平声天卜以乞巧。荐有女十余岁，因卜，有一仙女日来教之。遇其去，即留一女童为伴，他人弗见。自此凡女工、音律、书札，不学而自能。岁余，女昼寝，忽惊呼而觉，曰："仙女今日上天赴会，令我与童子偕在园中嬉游。园有一井，覆以巨石，戒童子曰：'勿令此女窥井也。'仙女既去，我遂发石观之，见群鬼异形怪状，攀缘争出。我惊呼，童子遽取棓乱捶，鬼复入，取石窒之。自此仙女怒而去。"既笄而嫁，生数子。先君与荐善熟，闻其事。

张 司 封

建州有张氏夫妇，俱四十余，无子。居近城隍庙，屡祷于神，以求继嗣。岁余，梦神告曰："汝夫妇分当无子。我念汝告祷之虔，今以庙中判官与若为嗣。"既而其妻妊娠。生一子，名伯玉。第进士，举书判拔萃，历台省，仕至主爵正郎，典数郡而卒。其才藻廉劲，为当世所尚；而嗜酒不修饬，垢貌蓬髯，如土偶判官焉。

薛 比 部

薛比部周至和中以殿中丞知益州成都县。其妻卧疾，二婢致药以杀之。薛执二婢送官，劾之伏罪。一婢妊娠已数月，薛以牒诉其诈，遂俱就戮。既而婢与所妊之子形见其室，诉于薛曰："儿不当死，何以枉害我！"昼夜聆其语，然家有吉凶，鬼亦以报。薛后监凤翔府太平宫，则鬼不至，他所则来。嘉祐中，薛自尚书外郎出典涪州，行至始平县，鬼曰："公将死，无用往。"即乞分司归长安。不逾年，遂卒。

评曰：父母杀子，于官理置而不论，矧在胞中形气未具者乎？而遽有冤死之诉，岂释氏所谓冤宿世者如是耶？张靖学士云。

陈　良　卿

进士陈良卿，景祐四年自永州随乡书赴礼部试。十月至长沙，梦一人引导入巨舰中，见一道士，自称清精先生。与之谈论，辞语高古而义理邃博。谓陈曰："吾已荐子于尧，为直言极谏。"陈曰："尧今何在？"曰："见司南岳。"陈曰："尧乃古圣君也，安可在公侯之列？"先生曰："尧，人间之帝也。秉火德而王，弃天下而神，位乎南方，子何疑焉？"陈辞以名宦未立，俟他日应。乃许以十年为期。既寤，甚恶之，为《异梦录》以自宽。明年登甲第，调全州判官，道出岳州南一驿。偶昼寝，梦使者持檄来召，遽惊觉，喟曰："岂尧命乎！"同行相勉以梦不足信，复执书帙卧读之。晚食具，呼之，已卒矣。梦中约以十年，乃自得梦至卒，正周十月耳。岂鬼神不欲明言，以一月为一年乎？

罗　著　作

著作罗绍，汉阳人，居府五通神祠。其邻家岁畜一豕，以为祀神之具。豕无栏豢，多坏罗之藩篱，入其宅且秽污之。罗屡诫其邻，殊不少听。绍父擒其豕，截去一耳。邻人见之，不胜其愤，日夕诉于神，且云此豕本是神所享，今为罗某所损，岁已乏祀，愿神速报之。既而生绍与其弟，各无一耳，余亲见之。五通神能祸福于人，立有应验，其可骇哉！绍进士及第，终著作佐郎云。又公安富民邓氏者，少时因见二犬交，即戏以刀断其势。后生二子，俱阉。初为荆南牙校，其状貌真阉也。事与罗绍相近，故附之。辛都官子言录。

陆　长　绪

陆长绪，吴郡人。第进士，以职官知襄州彀城县。其为政务疾恶，而遂至外暴察苛急，视群吏若仇雠，朴挞殆无虚日。一日晚坐厅庑，有黑犬自门直入，怒目狂吠，跃而升厅。陆号呼，群吏竞持梃逐之，入吏舍，忽不见。既而陆妻死，遂百鬼进其舍。陆子幼，有数婢，往往白昼见少年入婢室。陆大怒，缚群婢榜掠，至髠钦烙炮以讯其奸，而终不得状。又堂前旧作盆池植莲，一日盆出于外，而无发掘之迹。遽命埋之，越宿复然。陆自临视照水，见其形冠服非常，而立侍皆群鬼。陆大怖。又有声于梁栋间，渐与陆语，索纸作诗。始见数字在纸，每读毕一句则一句出，而前句旋灭。其语大略皆讥戏陆也。如是二年，解官，怪始绝。长绪自为人言如此。

寇　侍　禁

寇侍禁立尝为三司大将，与同列李某者，皇祐中部督香药往广信军。纳毕回京，宿于定州永乐驿之堂。时苦寒，乃炽炭炷灯，拥炉而坐。夜将二鼓，李某先寝，堂后呦呦然如小豚相逐，亦不以为异。俄顷，门轰然大辟，一媪长二尺许，蓬髦伛偻而前，以口嘘灯，焰碧而将灭。寇大惊，以杖击之。媪走，寇逐之，额抵门扉，偃仆于地。即开堂之前门，将走外厅，呼其从者，忘厅后之有屏也，头又触之而踣，因大呼。驿吏与仆厮秉火而至，见寇额破血流，灯檠且折，门闭如故，李以被蒙首伏床下。询之驿吏，云尝有斯袄出自堂后古城小穴中。寇自说如此耳。

张　尚　书

张尚书存，冀州人。家富于财，策进士第，累历台省馆阁清要之职。致政，归乡闾。一夕，圉人见一犊盗食马粟，逐而捶之，但见白光奔宅门，遂失之，门闭如故。翌日，张病，肌骨痛者数日。间策杖诣马厩，问圉人云："旬日前夜见何物？"圉人曰："见一犊窃啖马粟，击之，化为白光而去。"张曰："后或见，不可击也。"圉人颇疑之。岁余病亟，阍者见一犊自宅门出，追视之，乃不见。俄闻宅中哭，乃尚书卒也。朱左藏允中言。

姜 定 国

高密姜定国，业九经。一夕寝于家塾，梦二人身长而貌狠，怒气勃勃然，谓定国曰："吾身长丈八，可杀汝，可噬汝。"定国惊魇号呼，拒之而退。明夜复梦如初，大惧，乃徙其寝具，与门下客同榻。客见一蛇至，取刀断之。少顷，一蛇复至，客又杀之。明日度二蛇，果长三寻。定国后登九经第，今为幕职官。闻之吉推官仲容。

傅 文 秀

礼宾副使傅公文秀尝自京挈家归凤翔府阳平镇之故居。既而其兄之女为物所凭，暮则靓妆丽服，处帷帐中，切切如与人语。家人问之，不对。若是者殆半岁。鄜有善制鬼者罗禁，以其能符禁，乡人呼为罗禁。傅召使视之，遂以法劾其女。乃云："吾韩魏公之子也。昔侍父镇关中，以病死于长安驿舍。昨日傅族经由，悦其女美，因而婿之。"罗再三讯诘，辞颇屈伏，遂去。后数夜，号呼于堂下曰："汝虽绝我婚，当归吾子也！"再饮之以药，下块肉如拳。自此不复至。董职方经臣言。

胡 郎 中

胡郎中楷庆历中偶会于真州，尝言：有亲旧赴官湖湘，舟行至鄂岳间，舟忽不进，舟人亦无以施力。其人焚香奠酒，披秉再拜，恳诚以祷。良久，舟突然而逝，他船见其舟后有枯木查牙，跃高数丈，复沉于水,不知何物。岂蛟龙之变化乎?

僧　行　悦

　　长白山醴泉寺,乃景德寺西禅院之下院也。岁久颓圮,僧行悦志欲营葺,因市灵岩川董将军庄大木百余章。有大榆,其上巨枝岐分,向因雷雨,枝间有大足迹,长仅二尺。僧伐视之,上下如一。因断为数十百片,俾其徒伪称佛所践履,持之化诱诸郡。三岁,得钱五千万,寺宇一新,颇极壮丽。事在天禧中,李省山人目睹。

　　　　评曰:佛之徒以因果祸福恣行诱胁,持元元死生之柄,自王公而下,趋向者十八九。悦又能假诡异之迹,俾夫庸懦者破帑倾箧而甘心焉。呜呼,人之好怪也甚矣!

康　定　民

　　康定军未建时,古城卑缺,人得而逾。有邑居王某,与北郊村民联亲。景祐五年秋,村民为子娶妇,王赴其花烛。中夜,二姻家交争纷然,王不喜,遂于厨中得爨馀柴枝长三四尺,持之以归。时月色微明,行二三里,过古城,道有小儿,约十数岁,遽来持王衣裾,啼哭不已。问其家,亦不答,乃力解其手。未数步,又来相逐,遂以所持柴枝击之,即仆地,不闻鼻息。王默念曰:“儿定死。”大惧,又虑路人见而迹露,乃疾走,逾毁垣而入。翌日不敢出门,恐官捕杀人者。日既高,不得出里巷伺探消息,寂尔不闻。遂由旧路覆其事,惟见一朽腐棺板,长三尺余,中微骨折,尚有火煤之迹。其古道左右皆土崖,高五六仞,居民多穴之以瘗小儿。盖游魂凭而为变耳。

郑　前

　　治平中,武昌县令郑前尝觉膝理不宁,昼寝曲室。梦一老父,古衣冠,揖郑曰:“君小疾,煮地骨皮汤饮之即愈。”郑曰:“素不奉展,何故至此?"云:"我西汉时与君尝联局事,君已为三世人,我尚留滞幽壤。"即询其名氏,云:"前将军何复。或欲寻吾所居,可来费家园也。"临别口占诗一绝云:"与子相逢西汉年,半成枯骨半成烟。欲知土室长眠处,门有青松涧有泉。"郑官满之鄂渚,游头陀寺,山下城小路见丛薄蔚然,问寺僧,乃费家园也。道次有断碑,字已漫灭,惟有何复字可辨。冢前有涧水泪老松数株。王承制允成时为巡徼,具知之。

陈 州 女 厉

庆历、皇祐中,陈州通判厅夜有妇人尝出,与人笑语,或见其状颇美。询其名氏,曰:"我孔大姐也,本石太尉家女奴,以过被杀。"问何不他适,云:"此中亦有所属,安得自便耶?"时晏相国镇宛丘,屡倚新声作小词,未出,鬼即讴唱于外。或早暮人有登厅阼,忽于掖下作大声,人恐悸则笑。有市买卒时被惊丧所持,甚苦之,遂常以刀自随。后复来惊,随声斫之。数夕但闻呻吟曰:"聊与汝相戏,何故伤我如是?"自此遂绝。

卷第十

钟 离 发 运

钟离瑾开宝间宰江州之德化。明年，将以女归许氏。居一日，谕其胥魁，俾市婢以送女。翌日，胥与老妪引一女子来。问其何许人，妪曰："抚之临川人也。幼丧其亲，外氏育之。"女受妪戒，亦不敢有他言。君视事少间归，遇于屏，是女流涕，有戚容。且疑其家叱骂，诘之，曰："不然。某之父昔曾令是邑，不幸与母俱丧，无亲戚以为依。时方五岁，育于胥家十年矣，且将为己女。今明府欲得媵妾，胥与妪以某应命。适见明府视事，追感吾父，不觉涕零。"君大惊，呼胥妪以审，如女言。诚家人易其衣食，如己所生。以书抵许氏，告缓期："姑将辍吾女之资以嫁焉。"许亦恻然，复曰："君侯独能抑己女而拔人之孤女，予固有季子，愿得以为妇，安事盛饰哉？"卒以二女归许氏。久之，君梦一绿衣丈夫造庭，拜而谢曰："不图贱息辱赐于君，然得请于帝，愿奉十任有土官，故来致命。"后果历十郡太守，终于江淮发运使。今钟离氏有仕籍于朝常十余，独出君之后，故世为肥之冠族。若许之名爵，父老已失其传。呜呼，二君之用心，非有求于世者，特发诸至仁耳。彼附贵而亲，靦然自以为得，独何人哉？施报之事，儒者盖鲜言。若蛟龙断蛇，杜回结草，千古岂苟传，亦有以警劝云。

蔡 侍 禁

蔡侍禁者，故参知政事文忠公之近属也。景祐中，常为京城西巡检。一日，冠带坐厅事，有绿衣苍头展刺云："郎君奉谒。"旋见一少年，状貌如十五六人，衣浅黄衫，玉带纱帽，升阶拜伏。自称郎君，云前生与兄为昆弟，固请纳拜。蔡知其异，不得已受其礼。与之偶坐，凝定神思，拭目熟视之，曰："郎君必天地间贵神也，何故惠然相过？"
曰："先居安上门谯三十年，今期满，为皇城司主者所遣，故诣兄求一
居止之所。"蔡曰："某之廨宇湫隘，岂堪郎君之处也。"即诣西庑下贮
蒿秸之室，曰："乞粪除之，补陾封户，得此足矣。"乃辞去。蔡亦倜傥，
令从者洁其室而扃锁焉。少时，有虹梁自东南抵室门而止，驴驾囊驼
负载巨橐者，罔知其数。复有金饰犊车，垂珠帘张青盖者数十乘。又
有衣锦袍属橐鞬而骑者，执梃而趋者，左右前后亦数千人。有伶人百
余，衣紫、绯、绿袍，奏乐前导，郎君者乘马按辔徐行。其后又有臂鹰
隼率猎犬洎四夷之人数百，偕入于室中。大抵类车驾之仪仗，他人弗
之见也。俄顷郎君复至，叙谢再三："幸得居此，必无丝毫奉扰。苟有
凶吉，谨当奉报。但勿令家人穴壁窃觇。或要相觌，宜焚香密启，即
至矣。"言讫不见。蔡氏举族大恐怖，虽白昼不敢正视其室。月余，寂
无他怪。间闻合乐声，如闻风传自远而至者，自此差不惧。蔡之细君
由隙窥之，见郎君者乘步辇，拥姬侍数百，皆有殊色；楼观壮丽，池馆
邃袤，若宫室然。蔡有男，卒已十余年，亦侍其侧。因燔香已告，郎君
即至，曰："嫂何为者？"对以求见亡男。曰："嫂子在郎君处甚乐，无用
见，恐因惊而他适，则有所苦。"恳告以母子之情，呼出。母见即大恸，
急就之，遂灭去。叹曰："果惊去矣。"又数月，遇蔡诞辰，赍纨素数匹
以为寿。举视之，若烟绡雾縠，又如以蛛丝组织而成，固非女工之所
能杼轴也。逮半岁，来告曰："兄已授明越巡检，明日宣下。今先兄往
彼择阃室而上焉。扬子江神，相与素善，恐知是亲戚，故起风涛相戏，
不须惮也。"言讫即不见，虹梁自室门而起，南望无际，辎重仪卫如来
时。翌日，果徙明越巡检。将至任，一日，郎君前方丈悉水陆珍品，顾
蔡曰："非敢故为异味，有惬于兄，恐不相益耳。"到任又半年，一旦来
见，曰："与兄缘数已尽，从此辞矣。"复由虹梁而去，竟不知所适。蔡
族亦无他咎。故客省张公兀守早凉之日说斯事，公亦有传。

白　须　翁

嘉祐二年，大理寺丞常洵为荆州潜江县尉，因徼巡至径头市路

次,草中有二女子,年十三四,裸形如丐者,伛偻出马前,云是黄八娘家女奴,来投官乞命。诘之,一婢云:"媪怒我啖残羹侧里切数脔,鞭笞百余,又以火箸遍灼我身。"一婢云:"我作劳少息,不觉媪来,怒我不起,悬我足于梁,以刀割我尻肉,悉褫去衣襦,内空囷中,不食已三日矣。"常问何以得来,云:"适有白须翁至囷前,呼某等,令跃出。某云饥惫,而囷且深不可逾。又曰但跃,不觉随声而出,乃引至官道,云:'立此,少选有邑官来,可诉以脱。'"常至县,逮黄媪诘之,一皆承伏。即送府。时魏侍郎瓘尹荆南,劾治,具款赎金而释之。媪今尚在,其悍戾残忍,真狼虓然。尝适数夫,或凌虐而致死,或恐慑而化俦。前此婢媵潜被戕害者数人。每阴晦则厉鬼呼啸所居之前后,媪叱之即泯然。噫,白须翁岂非神灵乎! 指导二婢复生,可谓明且仁矣。向之被害者,茹叹衔恨于冥漠中,翁宜白之真官,以直其冤,易为力矣。而令幽滞于黄媪之室,岂向所杀者当死耶? 不然,凶暴之物,鬼神亦惮之也? 不可致诘矣。斯事常洵自云。

韩　元　卿

韩元卿,泗州人也。景祐五年,第进士。皇祐中为陕州推官监司,俾鞫狱于武昌。事讫归夷陵,至荆州黄潭驿,忽持刀自刭喉,虽断而未死。祖择之时为荆湖北提刑,韩之同年进士也。即视之,韩不能语,但举手如索纸笔状。因授之,书云:"赃滥分明,罪宜处斩。"乃弃笔于地。祖命取桑根线缝其创,自以手襦去。翌日遂卒。先是,元卿调于京师,绐称无妇,娶富室之女,资送良厚。洎挈之到任,则故妻在焉,有男女数人矣。富人之女欲以书诉于家,则提防甚密,无由而达。岁余,悒抑而卒。又不敢权厝于外,但裹以裀席,瘗于廨宇之隙地。韩既死,方具柩而敛焉。赃滥之诛,岂非此耶?

李　敏

李敏尝为兖州奉符县主簿,会岳庙炳灵公殿岁久再加营葺,命敏督其役。或曰:"宜先具公裳再拜,启其事于神。"李不应,遂彻瓦。未半,黑云满殿庭,风雹大作。李始惧,披简拜阶下。仰视神座帐上有黄龙长数丈,震霆数声,穿屋而去。凡损稼百余里。炳灵公自后唐明宗听医僧之语,遂赠官立祠。余谓龙蛰于神帐上,因彻瓦而惊,随风雷徙去,未必神之灵变也。向少卿宗道云。

乐 平 港 鼍

潭州乐平桥港乃湘之支流,传有鼍能变怪食人,岁有溺死者。天圣中,市民李姓者弟溺死,不得尸,以为鼍之食也。李民痛切,无方以复其冤,因刺掌血,濡墨作章,夜醮奏而焚之,祈达于帝。是夜,梦吏若道士画天神之从官者,驱民以行。久之,至一处,深严虚洁,若大府廨。而屏之外有数吏,以铁索絷一物,长数丈,如龙而一角,目光如电,甚可畏。吏指告民曰:"尔将与此共见也。"民方悟为鼍妖。已而俱入,立庭下。遥视殿上,若有人物往来,而不辨其详。有顷,一人下殿呼曰:"江鼍肆暴,枉害平人,决铁杖一百处死。李某不合以掌血腥秽上渎高真,宜付王硕决脊杖十五。"遂俱驱出,民觉而历历志之。常惕息寅畏,惧罹罪罟,杜门不预外事。后十余年,侍御史王硕知潭州,民坐遗火延烧一坊,伏罪,竟如所梦。得之长沙僧宝珪云。

遵 道 者

僧令遵,陕州人也。多智数,善附丽权势。天圣中,出入刘皇城家,因而名闻宫掖,庄献赐与巨万。于陕州造一寺,备极壮丽,凡用钱千余万缗。尝自安业南街乘马而西,呼仆取坠策。时有瞽者坐茶肆前,仰而言曰:"僧豪也。"遵异之。过百许步,下马复来,揖之未已,即曰:"岂非坠策之僧乎?"遵曰:"然。"复曰:"若之声名尝达天听,有之乎?"僧曰:"有之。"因问将来之事,良久曰:"自此十五年,岁在丙戌,当有大祸,宜杜门避之。不尔,免死为幸。"僧不怪而起。既归陕,具以瞽者之言告其徒,咸曰:"遵道者戒行素严,祸何由而至。"以谓不然。至庆历六年,传岩渊马道人将图不轨,陕有市民亦预其谋。民将自陈于官,密诣僧谋之。僧曰:"若自首于郡,不过免死而已。我有主人在京师,地连□□,但持我书诣之,因其言以达朝廷,岂止免罪,当获重赏。"民从之。行至洛,党中二卒告变,籍有民名,捕得尽道所以然之状及出遵书。时薛绅守陕郊,大怒,遂黥遵,为武昌城卒。

董 中 正

董中正,宿州高资户也。邢州僧慈演者,寓外宿有年矣,畜镪千余万,寄于董室。其后僧病且死,钱遂没于董氏。治平三年春,中正病亟,大呼曰:"邢州不须呵诋,待我还尔钱!"数日卒。其长男为符离衙校,既殡父,即日得病,信宿遂恍惚,云:"邢州就我父索钱,有人监督甚急,乞少缓,讵敢诋谰也。"既而又死。宿有乐人张遂,自岱岳回,出徐州界张弓手店,见衙校者跃马而来。问何之,曰:"大人有少缗钱,为券约不明,在兖州对辨,暂往省问。若今归耶,可至我家,言我甚安,道中不暇作书也。"张至宿,诣董宅,将道其事,方知董之父子皆已死矣。四会县尉吕邈云。

同 州 村 民

同州冯翊村民,宝元中有牛生一儿,旋失之。民家有老翁,八十余,夜则来与老翁共语,人皆闻之。忽谓公曰:"我昨日往延州与羌贼交战,南兵失利,刘、石二大将皆为贼擒。"邻里相传喧然,闻于邑大夫。方将逮翁诘之,后三日,败闻果至。自兹州县屡有呼问。儿谢翁曰:"我住此,令翁家不宁。"遂去,不复来。

补　遗

费　孝　先

费孝先，成都人，取人生年月日时成卦，谓之轨革。后有卦影，所画皆唐衣冠禄位，亦唐官次，岂非唐之精象数者为之欤？

刘　烨

刘烨侍郎有别第在襄阳。烨卒，长子库部又卒，乃鬻其第，为茅处士所得。夜闻呼曰："库部来。"俄一人顶帽，从数鬼，叱茅曰："我第尔何敢据？速出，无贾祸也！"凡三夕至，其声愈厉。茅叱曰："尔昔为人，今为鬼矣，尚恃贵气敢尔？若我擅居尔第，宜迫我出。尔子不肖，不能保有先人旧庐，售货于我，尚敢逐我邪？"言讫，返叱令速出。鬼遂遁去。

冯　拯

天圣中，侍中冯拯薨。次年京城南锡庆院侧人家生一驴，腹下白毛成"冯拯"二字。冯氏以金赎之，潜育于槽中。四方皆知之。

王　无　规

王元规赴吏部选。一夕梦一人衣冠高古，因访以当受何地，官期早晚。书八字与之云："时生一阳，体合三水。"既觉，不悟意。及注官河南府河清主簿，凡三字从水，到官日正冬至。以上录自宛委山堂本《说郛》弓一百十六。

婴　怪

丁晋公谓在政府日，窦夫人生一男，既三日，亲戚来庆。日向中，负姥解裸将浴，儿齐身皆毛，忽跃起，援帐带而上，据竿下视。亟闻于晋公，立命杀之。亲戚大骇，秘不敢言。

李德裕系幽狱

学士冯浩有女适吕氏子。顷有女厉啸其室，言曰："尔前身某甲之妻，我乃妾也。若妒而害我，我诉于帝，抱冤几十年始得伸，遂许复仇。又寻若仅十年，不知再生为吕氏妇，乃今逢焉。俟若今生命尽，相与归阴府对辨耳。"自兹日夕语言，与家人杂处。忽尔不闻其声逾旬，间复至。询其所适，乃曰："往阴府看断李德裕公事。"或问："李德裕唐朝人，逮今二百余年事，何以至今方决？"曰："阴司之狱，以人生死往来之不常，狱系二三百年而决者不为久也。"闻其得罪者多与唐史同，亦有史中无者。

女子变男

广州有萧某家者，尝泛舶过海，故以都网呼之。有侍婢忽妊娠。萧疑与奴仆私通，苦诘之，则曰："与大娘子私合而孕也。"萧有女年十八，向以许嫁王氏子，自十岁后变为男子，而家人不知也。自此始彰焉。吴中舍潜时随兄官番禺，曾假玉仙观为学。萧子亦预焉，好读《文选》，略皆上口，虽须出于颐，然其举止体态亦妇人也。时景祐五年，任谏议中郎知广州。以上录自商务印书馆本《说郛》卷四十四。

倦 游 杂 录

［宋］张师正　撰

李裕民　校点

校 点 说 明

《倦游杂录》著者张师正,字不疑,生于宋真宗大中祥符九年(1016)。中进士甲科,得太常博士后转为武官,任渭州推官,知宜州,旋以"慢上"免去英州刺史。仁宗嘉祐八年(1063)任荆州钤辖,英宗治平三年(1066)任辰州帅,神宗熙宁十年(1077)为鼎州帅,哲宗时犹在,享年当在七十以上。除本书外,尚著有《括异志》十卷,存诗五首。

据《郡斋读书志》载张师正自序云:"倦游云者,仕不得志,聊书平生见闻,将以信于世也。自以非史官,虽书善恶而不敢褒贬。"书中对于官场黑暗,多所揭露;并收录了相当数量的诗词,有些诗词赖此书得以传世。张师正在南方宦游达四十余年,书中记录了许多南方各地的风俗、特产,大都出于耳闻目睹,比较真实可信。以上种种均可供治史、治文学史者及研究民俗、物产学者参考。

《倦游杂录》当作于熙宁十年之前,后又经修订。《郡斋读书志》、《文献通考·经籍考》等著录为八卷,《宋史·艺文志》著录十二卷。其书明代时犹存,后散佚。我在 1986 年时,曾据《说郛》、《宋朝事实类苑》、《靖康缃素杂记》、《类说》、《诗话总龟》、《五朝名臣言行录》、《纪纂渊海》、《永乐大典》等书辑成此书,共得一百六十八条,三万余字。所辑各条以出处较早、内容较全者为主,以其他各本作校。文字劣于主目者,不出校记,并依内容拟题。书后各家著录及有关资料,交由上海古籍出版社出版。这次重版,依照《历代笔记小说大观》体例要求,文字择善而从,概不出校,原有的序号及附录资料,均予删去。不妥之处,尚请读者不吝赐教。

目　　录

倦游杂录

唐 陵 无 碑

唐诸陵皆无碑记，惟乾陵西南隅有大碑，高三十余尺，螭首龟趺岿然，表里无一字，亦不知其何为而立。《说郛》卷三十七

子 孝 妻 义

刘潜以淄州职官权知郓州平阴县事，一日，与客饮驿亭，左右报太夫人暴疾，潜驰归，已不救矣。潜抱母一恸而绝。其妻见潜死，复抚潜尸，大号而卒。时人伤之曰：子死于孝，妻死于义，孝义之美，并集其家。《说郛》卷三十七、卷十四

皂 屏 养 目

凡视五色皆损目，惟黑色于目无损，李氏有江南日，中书皆用皂罗糊屏风，所以养目也。王丞相介父在政府，亦以皂罗糊屏障。《说郛》卷十四、卷三十七

造 舟 赐 号

元丰元年春，命安焘、陈陆二学士使高丽，敕明州造万斛船二只，仍赐号一为凌虚致远安济舟，一为赓飞顺济神舟，令御书院勒字、明州造碑。《说郛》卷三十七

温　泉　碑

安经华清宫温泉碑,唐太宗撰并书,又飞白"贞观"二字于额。天圣初,自粪壤中发出之,再加刻而立于小亭。《说郛》卷三十七

员　外　郎

石参政中立性滑稽,天禧中为员外郎贴职,时西域献狮子,畜于御苑,日给羊肉十五斤。尝率同列往观,或叹曰:"彼兽也,给肉乃尔,吾辈忝预郎曹,日不过数斤,人翻不及兽乎?"石曰:"君何不知分耶?彼乃苑中狮子,吾曹员外郎耳,安可比耶?"同上

程师孟善谀

有善谀者,熙宁中曾以先光禄卿荐守番禺,尝启王介甫丞相曰:"某所恨,微躯日益安健,惟愿早就木,冀得丞相一埋铭,庶几名附雄文,不磨灭于后世。"《说郛》卷十四、卷三十七、《说郛》宛委本弓三十三

终慎思具启切当

终慎思,大名人,家贫苦学,衣冠故敝,风貌寝陋。始来应举,魏之举人,视之蔑如也。既就试,遂为解首。其谢解启曰:"三年于此,众人悉消于毛生;一军皆惊,大将果归于韩信。"又董储郎中悯其穷,尝以书荐于士人之富者,庶濡涸辙,而士人殊无哀王孙之意。终复取书归,而具启纳于董,曰:"鲁箭高飞,谓聊城之必下;秦都不割,怀赵璧以空归。"人多嘉其切当。《说郛》卷三十七

熊　馆

山民云：熊于山中行数千里，悉有给伏之所，必在石岩枯木中，山民谓之熊馆。惟虎出百里外，则迷失道路。《说郛》卷十四

韩贽好啖瓜虀

韩龙图贽，山东人，乡里食味，好以酱渍瓜啖之，谓之瓜虀。韩为河北都漕，廨宇在大名府中，诸军营多鬻此物，韩尝曰："某营者最佳，某营者次之。"赵阅道笑曰："欧阳永叔尝撰《花谱》，蔡君谟亦著《荔枝谱》，今须请韩龙图撰《瓜虀谱》矣。"《说郛》卷十四

匍匐图

陈烈，福州人，博学，不循时态，动遵古礼。蔡君谟居丧于莆田，烈往吊之，将至近境，语门人曰："《诗》不云乎：'凡民有丧，匍匐救之'，今将与二三子行此礼。"于是乌巾襕鞾，行二十余里，望门以手据地膝行，号恸而入孝堂，妇女望之皆走，君谟匿笑受吊。即时，李遘画《匍匐图》。《说郛》卷十四

觅　石

今之通远军，乃古渭州之地，渭源出焉。中有水虫，类于鱼，鸣作觅觅之声，见者即以梃刃击之，或化为石，可以为砺，名曰觅石。长尺余，直一二千，兵刃经其磨者，青光而不锈，亦奇物也。《说郛》卷十四

岭南嗜好

岭南人好啖蛇，易其名曰茅鳝，草虫曰茅虾，鼠曰家鹿，虾蟆曰蛤

蚧,皆常所食者。海鱼之异者,黄鱼化为鹦鹉,泡_{去声}鱼大者如斗,身有刺,化为豪猪,沙鱼之斑者化为鹿。《说郛》卷十四。《类苑》卷六十二引前六句

啖 男 胎 衣

桂州妇女产男者,取其胞衣,净濯细切,五味煎调之,召至亲者合宴,置酒以啖,若不预者,必致忿争。《说郛》卷十四

胡 饼

今人呼溲面为汤饼,唐人呼馒头为笼饼,岂非水瀹而食者皆可呼汤饼、笼蒸而食者皆可呼笼饼? 市井有鬻胡饼者,不晓著名之所谓,得非熟于炉而食者,呼为炉饼宜矣。《说郛》卷十四

沉 香 木

沉香木,岭南诸郡悉有之,濒海州尤多。交干连枝,冈岭相接,数千里不绝。叶如冬青,大者合数人抱,木性虚柔,山民或以构茅庐,或以为桥梁,为饭甑尤善。有香者百无一二,盖木得水方结,多在折枝枯干中。或为沉,或为煎,或为黄熟。自枯死者,谓之水槃香。今南恩、高、窦等州惟产生结香,盖山民入山,见香木之曲干斜枝,必以刀斫之成坎,经年得雨水所渍,遂结香,复以锯取之,刮去白木,其香结为班点,亦名鹧鸪班,爇之甚佳。沉之良者,惟在琼、崖等州,俗谓角沉,乃生木中,取者宜用薰裛。黄熟乃枯木中得之,宜入药用。其依木皮而结者谓之青桂,气尤清。在土中岁久不待刊剔而精者,谓之龙鳞。亦有削之自卷,咀之柔韧者,谓之黄腊沉香,尤难得。《说郛》卷十四

石 鼓

古之石刻存于今者,唯石鼓也。本露处于野,司马池待制知凤翔

日，辇置于府学之门庑下，外以木橱护之，其石质坚顽，类今人为碓硙者。古篆刻缺，可辨者几希。欧阳论石鼓元在岐阳，初不见称于前世，至唐人始盛称之，而韦应物以为周文王之鼓，至宣王刻诗尔。韩退之直以为宣王之鼓。在今凤翔孔子庙中。鼓有十，先时散弃于野，郑余庆置于庙而亡其一。皇祐四年，向传师求于民间，得之，十鼓乃足。其文可见者四百八十五，磨灭不可识者过半。余所集录文之古者，莫先于此。然其可疑者三四，今世所有汉桓灵时碑，往往尚见在，距今未及千岁，大书深刻而磨灭者十犹八九，此鼓，案太史公年表，自宣王共和元年至今嘉祐八年，实千有九百一十四年，鼓文细而刻浅，理岂得存，此其可疑者一也。其字古而有法，其言与《雅》、《颂》同文，而《诗》、《书》所传之外，三代文章真迹在者，唯此而已，然自汉以来，博古好奇之士皆略而不道，此其可疑者二也。隋氏藏书最多，其志所录秦皇帝刻石，婆罗门外国书皆有，而独无石鼓，遗近录远，不宜如此，此其可疑者三也。前世所传古远奇怪之事，类多虚诞而难信，况传记不载，不知韦、韩二君何据而知为文、宣之鼓也。隋、唐古今书籍麓备，岂当时犹有所见而今不见之耶？然退之好古不妄者，余姑取以为信耳，至于字画，亦非史籀不能作也。《靖康缃素杂记》卷六

竹 不 根 而 茂

寇莱公卒于海康，诏许归葬，道出荆南公安县，邑人迎祭于道，断竹插地，以挂纸钱，竹遂不根而茂。邑人神之，立庙于侧，奉祀甚谨。
《类说》卷十六。《竹谱详录》卷六节引此文

盘 量 出 剩

刘绰，天圣中为京西漕，分遣属官盘量诸都在仓之粮，凡收十万余石，归朝上殿，具札子乞付三司收系。时章献太后垂帘，问曰：“已盘量者余贯许，再盘量否？”曰：“向来盘量官多徇颜情，不肯尽收入历。”又曰：“卿识王曾、张知白、吕夷简、鲁宗道否？此四人者，皆不因

盘量收出剩斛斗，致身于此。"刘大惭，谓人曰："当是时，殿上甓罅可入亦入矣。"《类说》

藏 撇 诗

夏英公咏杂手伎藏撇诗曰："舞绁抛珠复吐丸，遮藏巧便百千般。主公端坐无由见，却被旁人冷眼看。"同上

始 终 言 新 法

王荆公尝云："自议新法，始终言可行者曾布也，言不可行者司马光也，余皆叛而复附，或出或入。"同上

阎罗见阙请速赴任

王介俊爽，语言多易，人谓之心风。熙宁中自省判守湖州，王荆公送诗曰："吴兴太守美如何？柳恽诗才不足多。遥想邦人迎下担，白𬞟洲上起沧波。"以风能起波也。介知其意，以破题为十篇，一曰："吴兴太守美如何？太守从来恶祝驼。生若不为上柱国，死时犹合代阎罗。"公笑曰："阎罗见阙，请速赴任也。"同上

下官踪迹转沉埋

张铸以京东转运使，坐公事降通判太平州，葛源为提举坑冶，取铸脚色，欲发荐状。铸为诗曰："提司坑冶是新差，职比权纲胜一阶。若发荐章求脚色，下官踪迹转沉埋。"同上

巩大卿献放生

熙宁中，巩大卿申者，善事权贵。王丞相生日，即饭僧具疏笼鹊

鸽以献,丞相方家宴,即于客次开笼擂笋,手取鹊鸽,跪而放之,每放一鸟,且祝曰:"愿相公一百二十岁。"同上

一 网 打 尽

苏舜钦监进奏院,因十月余赛神会,馆中同列御史刘元瑜弹击下狱,坐监主自盗削籍,同会者皆至斥。刘谓时相曰:"与相公一网打尽。"同上

生前嫁妇死后休妻

王雱,丞相之次子,有心疾,娶庞氏,不睦,相离而嫁之。时侯叔献死,其妻帏箔不修,丞相表其事而斥去。时语曰:"王太祝生前嫁妇,侯工部死后休妻。"同上

杜 园 贾 谊

陈和叔为举子,通率少检,后举制科,骤为质朴,时号"热熟颜回"。时孔文仲对制策,言天下有可叹息恸哭者,既而被斥。陈曰:"孔子真杜园贾谊也。"王平甫曰:"杜园贾谊好对热熟颜回。"同上

不 喜 歌 舞

冯当世晚年好佛,知并州,以书寄王平甫曰:"并州歌舞妙丽,闭目不喜,日以谈禅为事。"平甫答曰:"若如所谕未达理,闭目不喜,已是一重公案。"同上

平 调 二 曲

神文将葬永昭陵,大行梓宫初发引,王禹玉时为翰林学士,作平

调发引二曲，其一曰："玉宸朝晚，忽忽掩黄衣，愁雾锁金扉。蓬莱待得仙丹至，人世已成非。龙辒转西畿，旌旆入云飞。望陵宫女垂红泪，不见翠舆归。"二曰："上林春晚，曾是奉宸游，水殿戏龙舟。玉箫声断仙人驭，一去隔千秋。重到曲江头，事往涕难收。当时御幄传觞处，依旧水东流。"《说郛》卷十五《广知》引

录 公 得 替

大理寺丞路坦尝宰相中一县，有神录，四年方解役，坦赠诗云："百里传呼号录公，三年得替普天同。惟君四载过常例，更有何人继后风。"其诗闻于朝，夺坦一官而停之。《类说》

今日谁非郑校人

王介甫为相，引用不次，及再罢相，颇有谮之者。公至金陵，每得生鱼，多放池中。有门人作诗曰："直须自到池边看，今日谁非郑校人？"同上

范希文蚊诗

范希文监泰州西溪盐场，地多蚊蚋，作诗云："饱似樱桃重，饥如柳絮轻。但知从此去，不用问前程。"同上

善 谑 驿

襄州南有驿，名善却，唐之善谑驿也，乃淳于髡放鹄处，柳子厚《和刘梦得善谑驿奠淳于先生》，即此地也。同上

着 也 马 留

京师优人以杂物布地，遣沐猴认之，即曰："着也马留。"熙宁中，

状元叶祖洽赴宴,有下第进士作诗曰:"着甚来由去赏春,也应有意惜芳辰。马蹄莫踏乱花碎,留与愁人醉作茵。"_{同上}同上

宋 罗 江

庆历中,有亲事官栏入殿门,御史宋禧乞内庭畜罗江之狗,时号宋罗江,亦曰宋神狗。同上

孔道辅以直言得馆职

孔公道辅以刚毅直谅名闻天下,知谏院日,请明肃太后归政天子。为中丞日,谏废郭后。其后知兖州日,近臣有献诗百篇者,执政请除龙图阁直学士,仁宗曰:"是诗虽多,不如孔道辅一言。"乃以公为龙图阁直学士。《类苑》卷五

柳开强娶钱氏

柳开知润州,有监兵钱供奉者,亦忠懿之近属也。乃父方奉朝请,在京师。开乘间来谒,造其书阁,见壁有绘妇人像甚美,诘以谁氏,监兵对曰:"某之女弟也,既笄矣。"柳喜曰:"开丧偶已逾期,愿取为继室。"钱曰:"俟白家君,敢议姻事。"柳曰:"以开之材学,不辱于钱氏之门。"遂强委禽焉,不旬日而遂成礼。钱不之敢拒,走介白其父,乞上殿面诉柳开劫取臣女。仁宗问曰:"卿识柳开否?"曰:"不识。"上曰:"真奇杰之士也。卿家可谓得嘉婿矣。吾为卿媒,可乎?"钱父不敢再言,但拜谢而退。《类苑》卷七

神宗题韩琦曾公亮墓碑

韩侍中薨,差内臣张都知督葬事,玄堂甃以石,一切用度,皆出于官。上自撰墓碑,题其额曰:"两朝顾命定册元勋之碑。"明年,曾侍中

薨,上题其墓碑额曰:"两朝顾命赞册亚勋之碑。"《类苑》卷八

张 咏 焚 黑 店

张乖崖未第时,尝游汤阴,县令赐束帛万钱,张即时负之于驴,与小僮驱而归。或谓曰:"此去遇夜道店,陂泽深奥,人烟疏阔,可俟徒伴偕行。"张曰:"秋夜矣,亲老未授衣,安敢少留邪?"但淬一短剑而去。行三十余里,日已晏,止一孤店,惟一翁泊二子。见咏来甚喜,密相谓曰:"今夜好个经纪。"张亦心动,窃闻之,因断柳枝若合拱者为一棓,置室中。店翁问曰:"持此何用?"张曰:"明日早行,聊为之备耳。"夜始分,翁命其子呼曰:"鸡已鸣,秀才可去矣。"张不答,即来推户。张先以坐床拒左扉,以手拒右扉。店夫既呼不应,即再三排闼,张忽退立,其人闪身踉跄而入,张摘其首,毙之,曳入阘。少时,其次子又至,如前复杀之。及持剑视翁,方燎火爬痒,即断其首,老幼数人,并命于室。呼僮牵驴出门,乃纵火,行二十余里,始晓。后来者曰:"前店人失火,举家被焚。"《类苑》卷九

寇准诚过其才丁谓才过其实

袁抗大监尝言,曾守官营道,闻吏官言,寇莱公始谪为州司马,素无公宇,百姓闻之,竞荷瓦木,不督而会,公宇立成,颇亦宏壮。守土者闻于朝,遂再有海康之行。始戒途,吏民遮道,马复踏踬不进,寇以策叩马曰:"吾尚敢留滞邪?汝何不行?"马即前去,寇泣且曰:"语丁谓,我负若何事?致我于极地邪!"其后丁自朱崖移道州,袁尝接其语论,遂以所闻质之。丁曰:"寇自粗疏。先朝因节日,赐宴于寇相第,寇好以大白饮人,时曹利用为枢密副使,不领其意,寇曰:'某劝太傅酒,何故不饮?'曹竟不濡唇,寇怒曰:'若一夫耳,敢尔邪?'曹厉声曰:'上擢某在枢府,而相公谓之一夫,明日当于上前辨之。'自此二公不协,厥后发莱公之事者,曹貌也。预谓何事?"然中外皆知莱公之祸,丁有力焉。二公之在政府也,当太平之盛,至于赞燮王度,亦无善恶

之大者。至今天下识与不识，知与不知，闻莱公之名，则许以忠荩；言晋公之为，则目以奸谀。岂非丁以才过其实，寇以诚过其才欤？《类苑》卷十一

孙沔不许外使居其上

孙资政沔出帅环庆，宿管城，值夏州进奉使至，或白当选驿者。公曰："使夏国主自入朝，亦外臣也，犹当在某下，况陪臣乎？"羌使遂宿白沙。仁庙闻而嘉之。同上

石守道不收馈赠之食

石守道学士为举子时，寓学于南都，其固穷苦学，世无比者。王侍郎渎闻其勤约，因会客，以盘餐遗之，石谢曰："甘脆者，亦某之愿也。但日享之则可，若止修一餐，则明日何以继乎？朝享膏粱，暮厌粗粝，人之常情也。某所以不敢当赐。"便以食还，王咨重之。《类苑》卷十二

韩丕以槲叶著书

骊山白鹿观，向有道士王某，通五经。结茅庐数十区，讲授生徒几百人，韩丕亦尝从之学。王间遣生徒往近村市酒。一日，命韩挈榼以往。王谓诸生曰："韩秀才风骨粹重，向去进士不可量也。然到山岁余，未尝见其所业。"命破扃，索其寝室中，于席下得槲叶厚四五寸，或二三叶，或十数叶，以细梗贯之，乃韩之著述也。王见之惊骇，自此厚加礼待。其后官至贰卿、翰林学士。《类苑》卷十二

张杲卿谓仁宗孤寒

张杲卿为御史中丞日，因登对言及家世及履历本末。仁庙曰：

"卿亦出自孤寒。"杲卿曰："臣本书生，陛下擢任至御史中丞，三子皆服官裳，亦有先臣之田庐，家事有托，自谓非孤寒，陛下可谓孤寒矣。"仁庙徐曰："亦有说乎？"曰："陛下春秋高，奉宗庙社稷之重，主鬯尚虚位，天下之心未有所系，是陛下孤寒也。"仁庙改容，颇嘉其意，后遂参柄用。《类苑》卷十七

张亢不先上闻

瀛州城本隘狭，景德中，几为北虏所破。自讲和之后，居民军营，悉在南关。张客省亢守郡日，召郡中高赀户谓之曰："闻若等产业多在南关，吾欲城入之，然而计工匠楼橹之费，非十余万缗不可。"咸曰："苟得围入大城，愿备所用工。"公令富民自均其数，未经旬日，不督而集。乃命官籍其数，募厢库禁卒以充役，既成，始奏取旨。或曰："不俟朝命，罪必及焉。"公曰："苟俟中覆而为，城必不立矣。今兴工而后奏，俟朝旨允与不允，吾城已筑过半矣。傥或得罪，不过斥张亢耳，民获百世之利，又何疑焉？"其后城垂就，而公坐不先上闻，果被左迁漕司。或疑有干没，俾官穷究，无毫厘之欺。治平中，河朔地震，瀛之中城圮，因而厮去之。今为大郡，寇戎苟至，亦不可攻围矣。公昔守鄜州，鄜州有两城，守居北城，上佐廨宇，器甲军财之帑，皆在南城，渡一小涧，几百步，方入北城。北城可容南城三四，公亦先定谋而后闻，遂并南入北，省守陴者十之三，朝廷亦不之罪。近时闻边建水利，缮城垒，必先计己之恩赏厚薄，然后为之，校乎张公之心，一何异哉？《类苑》卷二十三

韩稚圭禁焚尸

河东人众而地狭，民家有丧事，虽至亲，悉燔爇，取骨烬寄僧舍中。以至积久弃捐乃已，习以为俗。韩稚圭镇并州，以官镪市田数顷，俾州民骨肉之亡者，有安葬之地。古者，反逆之人乃有焚如之刑，其士民则有敛殡袝葬之礼，惟胡夷洎僧尼，许从夷礼而焚柩，齐民则

一皆禁之。今韩公待俗以礼法,真古循吏之事也。《类苑》卷二十三、卷三十二

眼 前 何 日 赤

国朝,翰林学士得服金带,朱衣吏一人前导。两府则朱衣吏两人,金笏头带佩金鱼,谓之重金。居两制久者,则曰:"眼前何日赤?腰下甚时黄?"处内廷久者,又曰:"眼赤何时两? 腰金甚时黄?"《类苑》卷二十五

赐 饮 宰 相 第

真宗朝,岁时始赐饮于宰相第,大两省待制以上赴。林尚书以谏议大夫为三司副使,亦预。既而并诸副使,遂以为常。王太尉主会,惟用太官之膳,少加堂飧。自丁晋公助以家馔,今皆踵之。《类苑》卷二十五

前 任 班 趁 办

唐朝,官有定员,阙则补之。后唐长兴二年,诏诸州得替节度、防御、团练、刺史,并令随常朝官逐日立班。二年,放免常朝,令五日赴起居。国初,尚多前资官,今阁门仪制,尚有见任、前任防御、团练使。《类苑》卷二十六

街 鼓

京师街衢,置鼓于小楼之上,以警昏晓。太宗时,张公洎制坊名,列牌于楼上。按唐马周始建议置鼕鼓,唯两京有之,后北都亦有鼕鼕鼓,是则京师之制也。二纪以来,不闻街鼓之声,金吾职废矣。《类苑》卷三十三

钟 离 权 诗

邢州开元寺一僧院壁,有五代时隐士钟离权草书诗二绝,笔势遒逸,诗句亦佳。诗曰:"得道真僧不易逢,几时归去愿相从。自言住处连沧海,别是蓬莱第一峰。"其二曰:"莫厌追欢语笑频,寻思离乱可伤神。闲来屈指从头数,得见升平有几人?"后刘从广知邢州,访此寺,遂命刊勒此诗于石。《类苑》卷三十五

清风明月两闲人

赵叔平罢参政,致政居睢阳,欧阳永叔罢参政,致政居汝阴。叔平一日乘安舆来访永叔,时吕晦叔以金华学士知颍州,启宴以召二公。于是欧公自为优人致语及口号,高谊清才,搢绅以为美谈。口号曰:"欲知盛集继荀陈,请看当筵主与宾。金马玉堂三学士,清风明月两闲人。红芳已过莺犹啭,青杏初尝酒正醇。好景难逢良会少,乘欢举白莫辞频。"《类苑》卷三十五

张 宗 永 诗

张宗永,华州人,倜傥不羁,善为诗。宝元中,以职官知长安县,时郑州陈相尹京兆,宗永尝以事失公意。公有别业在鄠、杜县间,宗永知公好绝句诗,乘间诣之,于厅大书二韵云:"乔松翠竹绝纤埃,门对南山尽日开。应是主人贪报国,功成名遂不归来。"庄督录以闻,公览而善之,待之如初。宗永尝有诗云:"大书文字堤防老,剩买峰峦准备闲。"佳句甚多,往往脍炙人口。《类苑》卷三十五

冯端书塞上诗

冯太傅端,尝书一绝句云:"鸣鹘直上一千尺,天静无风声更干。

碧眼胡儿三百骑,尽提金勒向云看。"顾坐客曰:"此可画于屏障,乃柳如京塞上之作。"《类苑》卷三十五

王平甫点绛唇词

王平甫学士,以高才硕学,劲正不附丽。熙宁中,判官告院,忽于秋日作宫辞《点绛唇》一阕,其旨盖有所刺,以示其游。魏泰叹曰:"公之辞美矣,然断章乃流离之思,何也?"明年,平甫竟以谗得罪,废归金陵。其词曰:"秋气微凉,梦回明月穿帘幕,井梧萧索,正绕南枝鹊。　　宝瑟尘生,金雁空零落。情无托,髻云重掠,不似君恩薄。"同上

高丽求王平甫诗

熙宁中,高丽遣使人入贡,且求王平甫学士京师题咏,有旨令权知开封府元厚之内翰抄录以赐。时厚之自诣平甫求新著,平甫以诗戏厚之曰:"谁使诗仙来凤沼,欲传贾客过鸡林。"《类苑》卷三十五

蔡子正作喜迁莺词

蔡子正久在边任,晚年以龙图阁直学士再守平凉,作《喜迁莺》词一阕以自广,曰:"霜天清晓。望紫塞古垒,寒云衰草。汉马嘶风,边鸿翻月,陇上铁衣寒早。剑歌骑曲悲壮,尽道君恩须报。塞垣乐,尽橐鞬锦领,山西年少。　　谈笑。刁斗静,烽火一把,长报平安耗。圣主深仁,威棱远布,骄虏尚宽天讨。岁华向晚愁恩,谁念玉关人老?太平也,且欢娱,莫惜金樽频倒。"此曲成,大传都下。《类苑》卷三十五

张 退 傅 诗

张退傅相公与陈文惠公同秉政,张既以帝傅致政,有诗寄文惠曰:"赭案当年并命时,蒹葭衰飒倚琼枝。皇恩乞与桑榆老,鸿入高冥

凤在池。"张公既退居,年七十八岁,有《除夜》诗:"八十光阴有二年,烟萝门户喜开关。近来无奈山中相,频寄书来许缀班。"退傅以八十二岁薨,正八十有二之谶。《类苑》卷三十五

王禹玉祭社诗

京师祭二社,多差近臣。王禹玉在两禁二十年,熙宁三年,为翰林承旨,又膺是任,题诗斋宫曰:"邻鸡未动晓骖催,又向灵坛饮福杯。自笑治聋不知足,明年强健更重来。"执政闻而怜之。《类苑》卷三十六

卢氏凤栖梧词

蜀路泥溪驿,天圣中,有女郎卢氏者,随父往汉州作县令,替归,题于驿舍之壁。其序略云:"登山临水,不废于讴吟;易羽移商,聊纾于羁思。因成《凤栖梧》曲子一阕,聊书于壁。后之君子览之者,无以妇人切弄翰墨为罪。"词曰:"蜀道青天烟霭霭,帝里繁华,迢递何时至? 回望锦川挥粉泪,凤钗斜軃乌云腻。　　钿带双垂金缕细,玉佩珠玱,露滴寒如水。从此鸾妆添远意,画眉学得遥山翠。"《类苑》卷三十九

郑氏死后出家

熙宁中年,王禹玉丞相奏亡妻庆国夫人郑氏,临终遗言,乞度为女真。敕特许披戴,赐名希真,仍赐紫衣,号冲静大师。《类苑》卷四十三

韩稚圭梦手捧天

韩稚圭侍中知泰州日,卧病数日,冥冥无所知,倏然而苏。语左右曰:"适梦以手捧天者再,不觉惊寤。"其后援英宗于藩邸,翼神宗于春宫,捧天之祥已兆于庆历中,固知贤臣勋业,非偶然而致也。《类苑》卷四十五

张退夫读乐记中第

张客省退夫自言,应举时,因醉,乘驴过市,误触倒杂卖担子,其人喧争不已,视担中,只有《乐记疏》一册,遂五十钱市之,其人乃去。张初不携文籍而行,遇醉醒,止阅所买《乐记疏》。无何,省试《黄钟为乐之末节论》,独《乐记》为详,论擅场南省,遂高选,明年擢甲第。《类苑》卷四十五

费孝先作轨革卦影

李璋太尉罢郓州入朝,至襄阳,疾病,止驿舍两月余。璋尝命蜀人费孝先作轨革卦影,先画一凤止于林,下有关焉,又画一凤立于台,又画衣紫而哭者五人。盖襄州南数里,有凤林关,传舍名凤台驿。始璋止二子侍行,三子守官于外,闻璋病甚,悉来奔视。至之翌日,璋乃卒,果临其丧者五人。《类苑》卷四十七

唐郎中梦寇准为相

寇忠愍初登第,授大理评事,知归州巴东县。时唐郎中谓方为郡,夕梦有人告云:"宰相至。"唐思之,不闻朝廷有宰相出镇者。晨兴视事,而疆吏报寇廷评入界,唐公惊喜,出郊迓劳。见其风神秀伟,便以公辅待之,且出诸子罗拜。唐新饰勒鞯,置厅之左,寇既归船,其子拯白其父曰:"适者寇屡目此,宜即送之。"寇果询牙校:"何人知吾欲此?"对以十四秀才。既而力为延誉,拯于孙汉公榜等甲成名。《类苑》卷四十八

欧阳修乞早致仕

欧阳文忠公在蔡州,屡乞致仕。门下生蔡承禧因间言曰:"公德

望为朝廷倚重，且未及引年，岂容遽去也？"欧阳答曰："某平生名节，为后生描画尽，惟有早退，以全晚节，岂可更俟驱逐乎？"承禧叹息，无以答。既而以太子少保致仕。《类苑》卷五十三

移赵师旦事于曹觐

侬贼破邕州，偶江涨，遂乘桴沿流入番禺。时赞善大夫赵师旦知康州，到任始一日，贼既迫境，谕官属吏民使避贼，谓曰："吾固知斯城不可守，守城而死，乃监兵泊吾之职也。若曹无预祸。"贼既至，率弱卒不满百，御之，半日，城陷，赵与监兵者皆死之，士卒得免者无一二。先是，一日，赵方出其妻，藏于山谷，道上生一子，弃草中。贼去凡三日，复归视之，尚生，人谓忠义之感。有曹觐者，以太子中舍知封州，贼既至，乃易服遁去，未十余里，为贼所擒。贼首谓曰："汝乃好骂我南人作蛮者也，今日犹不拜邪？"曹竟不屈，至晚，积薪燔死于江壖。时本路主漕运者，与曹有旧，仍移师旦事，勒诗于石。朝廷赠觐太常少卿，子孙弟侄泊女子受官赏命服者数人。赵赠卫尉少卿，一子得殿直。赵史君之事，岭外率知之，康人为之立祠堂，至今祭祀不绝。《类苑》卷五十三

富大监王郎中之廉节

扈郎中褒尝言，昔知苏州吴县，苏州士大夫寓居者多，然无不请托州县，独致仕富大监严三年无事相委。又丘太博舜元言，尝知洪州新建县，洪之右族多挠官政，惟致仕王郎中述安贫杜门，衣食不足而未始告人。斯二人者，天下固未尝知其廉节也。《类苑》卷五十四

寇丁相轧

寇莱公与丁晋公始甚相善，李文靖公为相，丁公尚为两制，莱公曰："屡以丁荐，而公不用，何也？"文靖答曰："今已为两禁也，稍进，则

当国。如斯人者,果可当国乎?"寇曰:"如丁之才,相公自度终能抑之否?"文靖曰:"唯,行且用之,然他日勿悔也。"既而二公秉政,果倾轧,竟如文靖之言。《类苑》卷五十七、《群书类编故事》卷十七、《古今合璧事类备要》续集卷五十

谢泌荐士

谢泌名知人,少许可,平生荐士,不过数人,而后皆至卿相。每发荐牍,必焚香望阙再拜曰:"老臣又为陛下得一人。"王文正公,即其所荐士也。《类苑》卷五十七

飞鱼易名鸱吻

汉以宫殿多灾,术者言,天上有鱼尾星,宜为其象,冠于屋,以禳之。今亦有。唐以来,寺观旧殿宇,尚有为飞鱼形,尾指上者,不知何时易名为鸱吻,状亦不类鱼尾。《类苑》卷五十八

慎 火 木

《酉阳杂俎》云:"广州有慎火木,大三四围。慎火,《本草》一名景天,俗亦名护火,多以盆缶植之,置屋上,其花红白细错如锦。"予尝两至番禺,段成式所谓慎火,乃烽火木耳,又名龙骨。其干叶若慎火,断之有白汁,着人肌肤,遂成疮痏。亦无花。盖不识者误传也。《类苑》卷五十九

辰 砂

辰州朱砂,嘉者出蛮峒锦州界猫獠峒老鸦井,其井深广十丈,高亦如之。欲取砂,必聚薪于井,俟满,火燎之,石壁迸裂,入火者既化为烟气矣,其偶存在壁者,方得之,乃青色顽石。有砂处,即有小龛,

龛中生白石床如玉。床上乃生丹砂，小者如箭镞，大者如芙蓉，光如磐玉可鉴，研之如猩血。砂泪床大者重七、八斤，价十万，小者五六万。晃州亦有，赤色，如箭镞，带石者得自土中，非此之比也。《类苑》卷六十

胥　　羹

真宗时，有人奉使交趾，以胥羹配笼饼而食，羹中血皆如皂荚子，虽味不甚佳，莫知其何以致然。泪回，苦求其法，乃取牛蜱瀹而去其皮耳。同上

华　清　宫

故华清宫在绣岭之下，山半有玉蕊峰。天圣末，予为学于山之岭所谓朝元阁者。峰侧有夹纻作王母之像，虽小有损腐之处，而丹青未甚暗昧。其御阶甃以莲花砖，千余步则栽一石柱，端有孔，相传云：开元、天宝中，贯以红绵组，宫女攀援而上。庆历中，再游，询王母之像，失之已久，石柱孔已为庸道士烧为灰而涂壁矣。岭之阴，温泉涌流，岭之南，有丹霞泉者，极寒冽，予尝夏盥于彼。《类苑》卷六十。《永乐大典》卷一八二二四第一五页引至"攀援而上"。《永乐大典》卷一〇九〇一第一五页引首句。

皂　荚　合　欢

唐华清宫，今灵泉观也。七圣殿之西隅，十数步间，有皂荚一株，合数人抱，枝干颇瘁。相传云：明皇泪贵妃共植于此，每岁结实，必有十数荚合欢者。京兆尹命老卒数人守视之。移接于他枝，则不复合欢也。《类苑》卷六十

南北方嗜好不同

杜大监植言：南方无好羊泪面，惟鱼稻为嘉，故南人嗜之。北方

鱼稻不多，而肉面嘉，故北人嗜之。易地则皆然，不必相非笑也。同上

白 石 碑

江陵北四十里，有白石碑驿，其西有疏陂，东有鸭陂，白碑亦当作陂泽之陂也。盖驿侧数里，有后梁宣、明二帝墓。唐相萧嵩为其祖立碑于驿之北，因此人以陂为碑，误也。同上

虎 畏 橐 驼

天禧中，有武臣赴官青社齐州北境，时河水渐退，葭菼阻深。武臣以橐驼十数头负囊箧，冒暑宵征。有虎蹲于道右，驼既见，鸣且逐之，虎大怖骇，弃三子而走。役卒获其子而鬻之。同上

石 鱼

陇西地名鱼龙，出石鱼，掘地取石，破而得之，多鲫洎鳅，亦有数尾相随者，如以漆描画，鳞鬣肖真，烧之尚作鱼腥。鱼龙，古之陂泽也，岂非鱼生其中，山颓塞渐久，而土凝为石，故破之有鱼形。今衡州有石鱼，无异陇州者。杜甫诗有"水落鱼龙夜，山空鸟鼠秋"，正谓陇州也。同上

沸 沙

荆江自湖口而上，有沸沙。舡行或屹然而止，其下即沙，水涌沸，舟子无以施其力，俄顷即至湮溺。为芦簟五七番，置油米于其上，挑之舡下，乃得行。同上

石 燕

零陵出石燕，旧传遇雨则飞。尝见同年谢郎中鸿云："向在乡中

山寺为学,高岩石上有如燕状者,因以笔识之。石为烈日所暴,忽有骤雨过,所识者往往坠地,盖寒热相激而迸落,非能飞也。"予向过永州,有人赠一石板,上亦有燕形者在焉,土人呼为燕窠。同上

阳　朔　石　峰

桂州左右,山皆平地拔起数百丈,竹木翁郁,石如黛染。阳朔县尤佳,四面峰峦骈立,故沈水部彬尝题诗曰:"陶潜彭泽五株柳,潘岳河阳一县花。两处争如阳朔好,碧莲峰里住人家。"《类苑》卷六十

南海啖槟榔

南海地气暑湿,人多患胸中痞滞,故常啖槟榔,日数十口。以教楼藤泪蚬灰同咀之,液如朱色。程师孟知番禺,凡左右侍吏啖槟榔者,悉杖之,或问其故,曰:"我恶其口唇如嗽血耳。"同上

蚁　鲊

岭南暑月欲雨,则朽壤中白蚁蔽空而飞,入水翅脱,即为虾。土人遇夜于水次秉炬,蚁见火光,悉投水中,则以竹筵漉取,抟之如合捧,每抟一两钱,以豚脑参之为鲊,号天虾鲊。又有大赤蚁,作窠于木杪,有数升器者。取其卵并蚁,以糁泊姜盐酿为鲊,云味极辛辣。同上

杭人好饰门窗什器

熙宁八年,淮浙大旱,米价翔踊,人多殍饿。杭人素轻夸,好美洁,家有百千,必以太半饰门窗,具什器。荒歉既至,鬻之亦不能售,多斧之为薪,列卖于市,往往是金漆薪。同上

木馒头

木馒头，京师亦有之，谓之无花果，状类小梨，中空，既熟，色微红，味颇甘酸，食之大发瘴。岭南尤多，州郡待客，多取为茶床高饤，故云："公筵多饤木馒头。"或谓岭南诸州，刻木作馒头状，底刻字云："大中祥符年，一样造五十只。"谈者之过也。同上

采　珠

《岭南杂录》云："海滩之上，有珠池，居人采而市之。"予尝知容州，与合浦密迩，颇知其事。珠池凡有十余处，皆海也，非在滩上。自某县岸至某处，是某池，若灵渌、囊村、旧场、条楼、断望，皆池名也，悉相连接在海中，但因地名而殊矣。断望池接交趾界，产大珠，而蜑往采之，多为交人所掠。海水深数百尺已上方有珠，往往有大鱼护之，蜑亦不敢近。《类苑》卷六十一

蓬莪茂

岭南青姜，根下如合捧，其旁附而生者状如姜，往往大于手，南人取其中者干之，名蓬莪茂，北人乃呼为蓬莪茂。字书亦无茂字。名之为茂，乃是土人病泄痢者，取青姜磨酒煮服之多愈，盖蓬莪茂和气耳。《类苑》卷六十一

鱼

河豚鱼有大毒，肝与卵，人食之必死。每至暮春，柳花坠，此鱼大肥，江淮人以为时珍，更相赠遗。脔其肉，杂蒌蒿荻牙，瀹而为羹。或不甚熟，亦能害人，岁有被毒而死者。南人嗜之不已。

岭南有五脔鱼，百五斜纹，色如虹，或云与蛇为牝牡，春时食其

卵，亦能杀人，啖其肉，必致呕泄。又有抱石鱼，状类科斗，生急滩石上，自庐陵、南康、雄、韶人，皆取之酿鲊瀹羹，以为奇味。同上

凤凰

南恩州北甘山，壁立千仞，有瀑水飞下，猿狖不能至，凤凰巢其上，彼人呼为凤凰山。所食亦虫鱼。遇大风雨，或飘堕其雏，小者犹如鹤，而足差短，南人截取其嘴，谓之凤凰杯。古书谓凤凰生于丹穴。丹穴，即南方也。盖此禽独出尘寰之外，能远罗弋，所以为羽族之长者，以其智能远害，逢时而出也。本朝尝集清远合欢树。同上

鸩鸟

至和中，予赴任邕，至金城驿一邮置早膳，闻如以手答腰鼓者，问邮卒曰："何处作乐？"曰："非也，乃鸩鸟禁蛇耳。"同上

汜水关有唐高祖太宗像

汜水关东北十余里，即等慈寺，乃唐太宗擒窦建德时下营之地也。关之西峰曰昭武庙，有唐高祖、太宗塑像，共处一殿。高祖状貌如五十许人，仪状博硕，而不甚长，幅巾缕金，赭袍玉带，蹑靴合瓜，西南向立莲花上。太宗状如十七八少年，风骨清瘦，衣浅黄缕金袍，玉带，手捧冠，制度类远游，露首东北向，跣立莲花上。询诸士大夫，竟不知其仪制之由。庙乃会昌中所毁佛寺之殿也，至今不倾圮。《类苑》卷六十二

象祠

道州、永州之间，有地名鼻亭，穷崖绝徼，非人迹可历。其下乃潇水，无湍险，俗谓之麻滩，去两州各二百余里，岸有庙，即象祠也。孟

子曰："舜封象于有庳,所以富贵之也。"噫! 既远不可考知,其以今揆之,此地非迁,孰有肯居也? 同上

卧　仙

　　华岳张超谷,岩石下有僵尸,齿发皆完。春时,游人多以酒沥口中,呼为卧仙,好事者作木榻以荐之。嘉祐中,有石方十余丈,自上而下,正塞岩口,岂非仙者所蜕,山灵不欲人之亵慢? 同上

皂　鹤　洞

　　平凉西有崆峒山,乃广成子修道之所。山之绝壁有石穴,谓之皂鹤洞,鹤顶如丹,毛羽皆黑,日照之,金色粲然,故其下有金衣亭,岁不过一二出。今其地乃为僧徒所据,鹤或见,则僧必死亡反初者。同上

长　沙　三　绝

　　长沙人常自咤吾州有三绝,天下不可及。猫儿头笋,一枝重秤;钂黑潭取鱼,一网逾千斤;巨舰漕米,一载万石。同上

山　药

　　山药,按《本草》本名薯蓣,唐代宗名豫,故改下一字为药,今英庙讳犯上一字,若却取下一字呼蓣药,于理无害。同上

罨画流苏锡销

　　昔之歌诗小说,多言罨画流苏者,询之朋游,莫知其状。予尝知广南恩州,恩有匠人求见,问其所能,曰："某善锡销。"亦不晓其事,再诘之,则曰："今京师所谓银泥者是也。"又问更有何艺,曰："亦能罨

画。"遂以小儿衣试之,乃今之生色也。又向在京师,常到州西,过一委巷,憩茶肆中,对街乃赁凶具之家,命其徒拆卸却流苏,乃是四角所系盘线绘绣之球,五色,昔谓之同心而下垂者。流苏帐者,古人系帐之四隅以为饰耳。同上

嘲免解者诗

景祐元年九月二日,诏先朝免解者,候将来省试,与特奏名。时有无名子,改王元之《升平词》以嘲曰:"旧人相见问行年,名说真宗更已前。但看绿衫包裹了,这回含笑入重泉。"《类苑》卷六十三

无比店与有巴楼

参政赵侍郎宅,在东京丽景门内,后致政,归睢阳旧第。宋门之宅,更以为客邸,而材植雄壮,非邸可比,时谓之无比店。李给事师中保厘西京,时驼马市有人新造酒楼,李乘马过其下,悦其壮丽,忽大言曰:"有巴。"京师谚语以美好为有巴。时人对曰:"梁苑叔平无比店,洛阳君赐有巴楼。"同上

讥吴善长诗

吴善长郎中,仪状恢伟,颇肖富丞相,文学之誉,则未闻焉。有轻薄子赠之诗曰:"文章却似呼延赞,风貌全同富相公。"国初,有武臣呼延赞者好吟恶诗,故云。同上

欧阳景诗

洗马欧阳景,素有轻薄名,一旦,金銮长老来上谒,告曰:"院门阙斋供,今将索米于玉泉长老,敢乞一书,以为先容。"景笑曰:"诺。"翌日,授一缄,既至,玉泉启封,乃诗一首曰:"金銮来觅玉泉书,金玉相逢价倍

殊。到了不干藤蔓事,葫芦自去缠葫芦。"二僧相视,发笑而已。同上

常秩讳学春秋

常秩旧好治《春秋》,凡著书讲解,仅数十卷,自谓圣人之意,皆在是矣。及诏起,而王丞相介甫不好《春秋》,遂尽讳所学。熙宁六年,两河荒歉,有旨令所在散青苗本钱,权行倚阁。王平甫戏秩曰:"公之《春秋》,亦权倚阁乎?"秩色颇赭。《类苑》卷六十五

郑 向 哭 王 耿

郑向知杭州,王耿为两浙转运使。二人者,屡以公事相失,以至互有论列,朝廷未推鞫,而耿死,郑往哭之,尽哀。杭州僚属相骇曰:"龙图素恶端公,今何哭恸也?"范拯在傍戏曰:"诸君不会,龙图待哭斯人久矣。"同上

教 坊 杂 剧

熙宁九年,太皇生辰,教坊例有献香杂剧。时判都水监侯叔献新卒。伶人丁仙见假为一道士,善出神,一僧善入定。或诘其出神何所见?道士云:"近曾至大罗,见玉皇殿上有一人,披金紫,熟视之,乃本朝韩侍中也。手捧一物。窃问傍立者,云:'韩侍中献国家金枝玉叶万世不绝图。'"僧曰:"近入定到地狱,见阎罗殿侧有一人,衣绯垂鱼,细视之,乃判都水监侯工部也。手中亦擎一物。窃问左右,云:'为奈何水浅,献图,欲别开河道耳。'"时叔献兴水利,以图恩赏,百姓苦之,故伶人乃有此语。同上

军 府 杂 剧

景祐末,诏以郑州为奉宁军,蔡州为淮康军。范雍自侍郎领淮康

节钺,镇延安。时羌人旅拒戍边之卒,延安为盛。有内臣卢押班者钤
辖,心尝轻范,一日军府开宴,有军伶人杂剧,称参军梦得一黄瓜,长
丈余,是何祥也?一伶贺曰:"黄瓜上有刺,必作黄州刺史。"一伶批其
颊曰:"若梦见镇府萝卜,须作蔡州节度使。"范疑卢所教,即取二伶杖
背,黥为城旦。同上

盛天下苍生

有进士曹奎,屡掇上庠南宫高选,居常自负,作大袖袍衣之,袖广
数尺。时有进士杨卫怪之,谓曰:"袖何广耶?"奎曰:"要盛天下苍
生。"卫答曰:"此但能盛一个耳。"《类苑》卷六十五。《类说》节引此文

改裴晋公赞

裴度形貌短小,而位至将相,尝自赞其写真曰:"尔形不长,尔貌
不扬,胡为将?胡为相?一片灵台,丹青莫状。"盖谓由心吉而致富贵
也。张学士丰貌甚美,尝绘其容,以寄兄环,环改裴赞寄之,曰:"尔形
甚长,尔貌甚扬,不为将,不为相,一片灵台,丹青莫状。"《类苑》卷六十五。
《类说》节录此文

天狗下勾当公事

曾巩知襄州日,朝廷遣使按水利,振流民者,各辨辟二两选人充
勾当公事。巩一日宴诸使者,座客有言,昨夕三鼓,大星坠于西南,有
声甚厉,次又有一小星随之。巩曰:"小星必天狗下勾当公事也。"《类
苑》卷六十五

茶 床 谜

陈恭公以待制知扬,性严重,少游宴。时陈少常亚罢官居乡里,

一日上谒，公谓曰："近何著述？"亚曰："止作得一谜。"因谓之曰："四个脚子直上，四个脚子直下，经年度岁不曾下，若下，不是风起便雨下。"公思之良久，曰："殊不晓，请言其旨。"亚曰："两个茶床相合也。""方欲以此为对，然不晓风雨之说。"亚笑曰："乃待制厅上茶床也。苟或宴会，即铿值风，涩值雨也。"公为之启齿，复为之开樽。同上

曹琰落牙诗

曹琰郎中，滑稽之雄者。一日，因食落一牙，戏作诗曰："昨朝饭里有粗砂，隐落翁翁一个牙。为报妻儿莫惆怅，见存足以养浑家。"《类苑》卷六十五、又卷六十七

蝎 蜥 求 雨

熙宁中，京师久旱，按古法，令坊巷各以大瓮贮水，插柳枝，泛蝎蜥，使青衣小儿环绕呼曰："蝎蜥蝎蜥，兴云吐雾。降雨滂沱，放汝归去。"开封府准堂札责坊巷寺观祈雨甚急，而不能尽得蝎蜥，往往以蝎虎代之，蝎虎入水即死，无能神变者也。小儿更其语曰："冤苦冤苦，我是蝎虎。似恁昏沉，怎得甘雨？"《类苑》卷六十五。《类说》、《岁时广记》卷二节引此文

中书有生老病死苦

熙宁中，初富丞相苦足疾，多不入，曾丞相将及引年。时王介甫、赵阅道、唐子方为参政，介甫日进说以更庶政，阅道颇难之，而不能夺，但退坐阁中，弹指言苦。唐子方屡争于上前，既而唐发疽而死。京师人言，中书有生老病死苦之说，谓介甫生，曾公老，富公病，阅道苦，子方死也。《类苑》卷六十五

科场中进士程文多可笑者

科场中进士程文多可笑者。治平中，国学试策，问体貌大臣，进士对策曰："若文相公、富相公皆大臣之有体者。冯当世、沈文通皆大臣之有貌者。"意谓文、富丰硕，冯、沈美少也。刘原父遂目沈、冯为有貌大臣。又欧阳永叔主文试《贵老为其近于亲赋》，有进士散句云"睹兹黄耇之状，类我严君之容"，时哄堂大笑。《类苑》卷六十六。《类说》节引此文

权 顿 幞 头

张逸密学知成都，善待僧。文鉴大师，蜀中民素所礼重。一日，文鉴谒张公，未及见。时华阳主簿张唐辅同候于客次，唐辅欲搔发，方脱乌巾，睥睨文鉴，罩于其首，文鉴大怒，喧呶。张公遽召，才就坐，即白曰："某与此官人素不相熟，适来辄将幞头罩某面上。"张公问其故，唐辅对曰："某方头痒，取下幞头，无处顿放，见大师头闲，遂且权顿少时，不意其怒也。"张公大笑而已。《类苑》卷六十七。《类说》节引此文

陈 亚 善 对

陈少常亚以滑稽著称，蔡君谟尝以其名戏之曰："陈亚有心终是恶。"陈即复曰："蔡襄无口便成衰。"时以为名对。为殿中丞日，知岭南恩州，到任作书与亲旧曰："使君之五马双旌，名目而已；螃蟹之一文两个，真实不虚。"又尝曰："平生得一对最亲切者，是红生对白熟也。"《类苑》卷六十七。《舆地纪胜》卷九十八、《类说》节引此文

巩汉卿俊敏有才

杜祁公向以太常博士、陕西提点刑狱丁太夫人忧，寓华下郡，有进士巩汉卿者，俊敏有才，公常与之谈燕。关中养蚕，率是黄丝，故居

民夏服多以黄缣为之。因问："何故关右人好着黄绢生衣?"巩对曰："似浙中人好吃紫苏熟水。"及见鸭没池中,公云："鸭入池中董。"巩即曰："蝉鸣树上缩。"公尝撰国初一节将墓碑,其中一句云："某官以生运推移",巩即下阶磬折曰："日南长至",公笑为改之。《类苑》卷六十七

文潞公戏题诗

文潞公始登第,以大理评事知并州榆次县,吏新鞔衙鼓,面新洁,公戏题诗于上曰："置向谯楼一任挝,挝多挝少不知它。如今幸有黄绸被,努出头来道放衙。"同上

舍人面色如衫色

胡秘监旦自知制诰落职,通判襄州时,谢学士泌知州事,尝因过厅饮酒,胡面色发赤,谢戏曰："舍人面色如衫色。"胡应声答曰："学士心头似幞头。"胡时衣绯。同上

长　沙　三　拗

皇祐中,长沙有三拗,开福寺长老有琏,每季一剃头,而致仕樊著作,一日一开顶,一拗也。苏推官居父丧,蹴踘饮乐,而林察推丧妻庐墓,二拗也。时有边臣为郡守,非赂不行,孔目官陆静,平生不受赇遗,三拗也。同上

语　　讹

关右人或有作京师语音,俗谓之獠语,虽士大夫亦然。有太常博士杨献民,河东人,是时鄜州修城,差望青斫木,作诗寄郡中寮友。破题曰："县官伐木入烟萝,匠石须材尽日忙。"盖以乡音呼忙为磨,方能叶韵,士人而徇俗不典,亦可笑也。同上

雁

进士刘稹未第,居德州孔子庙中,尝市一雁,翅虽折而尚生,不忍烹。闻自然铜治折伤,乃市数两,燔而淬之末以饲焉。至春晚,遂飞去。是年秋深,忽有群雁集稹所居之后圃,家僮执梃往击,诸雁悉惊飞,一雁不去,因棰杀之。燖剥毳羽,见翅骨肉坏,剖之,中皆若银丝,乃向所养者。稹咨嗟累日。《类苑》卷六十九

道人诈骗张杲卿

张杲卿丞相致政居阳翟,于少室山下造庵,为养性存神之地。间或乘肩舆而往,从者不过五六人,处庵中,往往逾月方归。一日,有道人形神潇洒,野冠山服来谒,公与之语,颇达道要,亦究佛理,待之甚喜。既夕,道人曰:"某新自浙中回,得茗芽少许,欲请相公一啜。"公欣然可之,道人乃躬自涤器,进火烹茶以进。公颇称善,良久,又取茶饮从者各一瓯,少时,从者皆昏瞑颠仆且睡,道人即白公曰:"某欲往罗浮,炼丹之药剂鼎灶之资,行从多金器,愿赐数事。"公遽呼从者,皆不应,亦无可奈何,任其所取,几十余斤,悉持去。迨晓,从者始醒。《类苑》卷七十

杨孜诡谋杀情妇

杨学士孜,襄阳人,始来京师应举,与一倡妇往还,情甚密,倡尽所有以资之,共处逾岁。既登第,贫无以为谢,遂给以为妻,同归襄阳。去郡一驿,忽谓倡:"我有室家久矣,明日抵吾庐,若处其下,渠性悍戾,计当相困。我视若,亦何聊赖?数夕思之,欲相与咀椒而死,如何?"倡曰:"君能为我死,我亦何惜?"即共痛饮。杨素具毒药于囊,遂取而和酒,倡一举而尽。杨执爵谓倡曰:"今悦偕死,家人须来藏我之尸,若之遗骸,必投诸沟壑,以饲鸥鸦,曷若我葬若而后死,亦未晚。"倡即呼曰:"尔诳诱我至此,而诡谋杀我。"乃大恸,顷之遂死,即燔瘗

而归。杨后终于祠曹员外郎、集贤校理。同上

史 沆 诗

史沆以进士第，为著作佐郎，累坐事羁房州，移襄以卒。沆仕不得志，好持人短长，世亦凶人目之，然亦竟以此败。常过江州琵琶亭，作诗榜于栋，其略曰："坐上骚人虽有咏，江边寡妇不难欺。若使王涯闻此曲，织罗应过赏花诗。"同上

王平弹御膳有发

御史台仪，凡御史上事，一百日不言，罢为外官。有侍御史王平拜命垂满百日，而未言事，同寮皆讶之。或曰："端公有待而发，苟言之，必大事也。"一日，闻入札子，众共侦之，乃弹御膳中有发，其弹词曰："是何穆若之容，忽睹鬖如之状。"同上

大臣诬奏石介诈死

石介性纯古，学行优敏，以诱掖后进、敦奖风教为己任。庆历中，在太学，生徒咨问经义，日数十人，皆怡颜和气，一一为讲解，殊无倦色。尝请仁庙驾幸太学，欲为儒者荣观，因作《庆历圣德颂》，诋忤当途大臣。既而谤介请驾幸太学，将有他志，介因罢学官，得太子中允、直集贤院、通判濮州，待阙于徂徕故栖，岁余病死。当途者诬奏云："介投契丹，死非其实。"遂诏京东提刑司发坟剖棺，验其事。继而有孔直温者，狂悖抵罪，直温昔尝在介书院为学，以为党，遂编置介之子弟于诸郡。呜呼！谗人之口，真可惧哉！同上

潘 阆

潘阆，字逍遥，疏荡有清才，最善诗。王继恩都知待之甚厚，往往

直造卧内,饮笑于妇女间,未尝信宿不见也。忽去半岁,不知所诣。俄而王生辰,阎携香合来谒,王大喜,延之中堂共宴。席罢,王留之,询其所适,潘曰:"虽然游历山水,访寻亲旧,亦为太尉谋一长守之策耳。"问其策谓何,潘曰:"上顾君侯恩礼之厚,天下莫不知。君侯恃上之遇,于人亦有不足者矣。况复绾时权,席天宠,媚而疾者,不止南北之朝臣,与诸王戚里亦有不善者。一旦宫车晏驾,君侯之富贵,安得如旧邪?"王瞿然曰:"吾亦忧之,先生何以教我?"潘曰:"上春秋高,诸子皆贤。何不乘间建白,乞立储嗣? 异日有天下,知策自君侯出,何惧富贵之替乎?"王曰:"我欲乞立南衙大王,如何?"时章圣以襄阳判开封府。潘曰:"南衙自谓当立,岂有德于君侯邪? 立其不当者,善也。"王繇是屡以白神功,乞别择诸王嗣位,神功竟不听。其后继恩得罪,章圣嗣位,即逐(遂)出阎,阎遂亡命,诏天下捕之。其后会赦方出,以信州助教召,羁置信州。久之,移泗州散参军而死。《类苑》卷七十一

三 司 黠 胥

陈学士贯为省副时,三司有一胥魁,桀黠狡狯,潜通权幸,省中之事,率以咨之。胥每声喏使篦前,往往阳为欠伸,不敢当其礼。陈闻而不平,决入省斥逐之。既来参见,严颜以待,胥知其意,奉事弥谨,禀承明敏,举无留事。岁余,陈亦善待之。一日,陈谓胥曰:"宅中欲会一二女客,何人可使干办?"胥曰:"某公事之隙,暂往督视亦可。"陈不知其心有包藏,乃曰:"尔若自行甚善,宴席所须,十未具一。"胥乃携十余岁女子,于东华门街,插纸标于首,曰:"为陈省副请女客,令监厨,无钱陪备,今嫁此女子,要若干钱。"遂结皇城司密逻者,俾潜以闻。朝廷将以黜降,赖宰臣辨解,终岁竟罢去,止得集贤学士。旧例,省副罢,皆得待制。《类苑》卷七十三。

秋 霖 赋

徐仲谋在皇祐中,罢广东提刑,到阙时,京师多雨,遂献《秋霖

赋》。其略曰:"连绵乎七月八月,潦浸乎大田小田。望晴霁而终朝礼佛,放朝参而隔夜传宣。泥涂半没于街心,不通车马;波浪将平于桥面,难度舟舡。"时贾文元、陈恭公秉政,共引过于上前,且云:"阴阳失序,自当策免,然臣等已屡乞罢,而圣恩未允,致有疏远小臣,以猥语侵侮,臣等实无面目师长百辟。"仁宗怒,降仲谋监邵武军酒税。同上

矫　伪

夏英公知安陆日,受大敕举幕职,令录诣京师。有节度推官王某者,粝食敝衣,过为廉慎,一马瘦瘠,仅能移步,席鞯绳辔不胜骑,自二车而下,列状乞以斯人应诏。夏亦自知之,遂改官宰邑,去安陆数百里。洎至任,素履一变,侈衣靡食,恣行贪墨。夏俾亲旧喻之,答曰:"某乃妙攫也,必无败露,请舍人无虑。"夏常谓僚属曰:"世之矫伪有如此者。"斯人今为正郎,不欲道其名也。同上

伺　察

李公素学士为京西漕运时,李君俞以大理评事知河南府福昌县。一日,得漕牒,令体量簿尉,洎邑界巡检者,既而召三人者,从容饮食,谓曰:"监司牒,令某奉诇同僚之失,某固知诸君无事,窃恐复遣他人来,幸各防慎也。"三人相顾而笑,乃怀中各出一牒,乃是令簿尉察知县、巡检廉县官也。俱笑而退。后朝廷亦闻其事,乃下诏申戒,其略曰:"守倅则互责刺廉,令尉则更容伺察,乃至怨满行路,章交公车。"少时,竟罢伺察之名。同上

踏　犁

太子中允武允成,献踏犁具,不用牛,以人力运之。太宗以宋、亳牛多死,得此制,召之造数千具,先遣尧叟于宋州大起冶铸,以给贫民,以时雨沾足,令趁时耕种。参知政事苏易简曰:"此长沮、桀溺耦

耕之遗象也。"按耦耕以双耜并耕，了非踏犁之制，易简之浅陋甚矣。
同上

三　虎　四　圣

考功郎中齐化基，资性贪墨，哀敛不知极，竟以赃抵罪，黥配海外，会赦，得归。家于平原，尝取南郡阳起石，亦贮数十石，他物称是。其后生涯离散，无以自存。庆历中，诏诸郡转运使，各带按察使，于是江东有三虎，山东有四圣。三虎者，监司有王浩、杨闳辈，事务苛察。圣者，探侦之义也，谓俾部下小官，奸憸好进者，廉察属郡官吏之过失。自是吹毛求疵，刑狱滋彰矣。同上

诈　修　庙

天圣、景祐间，京师建龙观，有道士仇某者，教化修真武阁，冬夏跣足，推一小车。近世士人，洎闾巷小民、军营卒伍，事真武者十有七八，无不倾信，所得钱无算，阁竟未毕功，后以奸监败。因知世间矫伪欺俗之人，固不为少，书之亦可为轻信者之戒也。同上

许怀德计退夏师

康定中，羌人盗边，陷金明县，又迫（追）延州，取北关，王师败于五龙川，都总管刘平、石元孙被擒。后数日，贼乃出塞，时许怀德为鄜延总管，闻贼深入，自东路归，所统兵才数千。至延州东有百余山下，见贼马几万骑，许皇遽妄呼曰："令河东广锐若干指挥往某处，令折家藩兵几万骑往某处。"既而，羌亦退。明日入城，见通判计用章，握手窃语曰："不意贼马遂至塞外，其悦早来，亦为擒矣。昨日忽逢贼兵，不觉皇骇，遂诈为河东救兵，妄语分布。今日幸得相见，初勿与他人说也。"相次诸州擒蕃俘，问元昊遁归之因，咸云："闻河东救兵至，遂走出塞。"其钤辖卢押班讼通判计用章之失，自称贼围城时，守捍有

功。用章屡进状，言贼之遁去，由许怀德假言河东救兵使然，完延州者怀德也。既而卢、计皆得罪，朝廷嘉怀德之功，擢为殿前侍卫马步军都指挥使。后以年逾七十，特减岁数，仍总宿卫之职，凡领节钺者二十余年。《类苑》卷七十五

宋夏使臣衣冠

景祐末，夏羌叛，僭号于其境，改易正朔、冕服制度，遣使来上旌节。旧制，羌人来朝，悉服胡衣冠，既至，有司命易之，使者曰：“奉本国命来见大国，头可断，冠服不易。”竟不能夺，遣归。庆历初，羌人输款，保安军倅邵良佐已与戎人议定岁予金帛之数，朝廷遣著作佐郎张子奭假祠曹外郎、殿直王正伦假供奉官阁门祗候至朔方，责戎酋盟书。夏人以金饰头冠胡蹀躞之类，子奭、正伦皆受之，既归，但云：“羌人新附，不敢逆其意，止以胡服纳保安军官帑。”朝廷亦不罪，尽与所假官。同上

南蕃呼中国为唐

太宗洎明皇擒中天竺王，取龟兹为四镇，以至城郭诸国皆列为郡县。至今广州胡人，呼中国为唐家，华言为唐言。《类苑》卷七十七

荆公和张揆诗

熙宁间，初作东西府，望气者云：“有天子气。”及府成，车驾果幸。张揆以诗庆二府诸公，荆公和云：“曾留上主经过迹，更费高人赋咏才。”《诗话总龟》卷十四

华清宫题咏

临潼县灵泉观，即唐之华清宫也，自唐迄今，题咏者不可胜纪，自

小杜五言长韵并三绝,洎郑嵎《津阳门诗》外,少得佳者。本朝张文定、陈文惠,洎前进士杨正伦三篇,虽词非绮靡,而义理可取。文定诗曰:"当时不是不穷奢,民乐升平少叹嗟。姚宋未亡妃子在,尘埃那得到中华?"文惠诗曰:"百首新诗百意精,不尤妃子即尤兵。争如一句伤前事,都为明皇恃太平。"正伦诗曰:"休罪明皇与贵妃,大都衰盛两随时。唯怜一派温泉水,不逐人心冷暖移。"又郑文宝诗:"只见开元无事久,不知贞观用工深。"皆为知音所赏。《类苑》卷三十八。原无出处,《诗话总龟》卷十五引此作《倦游杂录》

相　思　河

鄜州东百里,有水名相思河,岸有邮置,亦曰相思铺。令狐楚题壁以诗,曰:"谁把相思号此河?塞垣车马往来多。只应自古征人泪,洒向空洲作碧波。"《类苑》卷三十八。原无出处,《诗话总龟》卷十五引此作《倦游杂录》

妇人题佛塔庙诗

大庾岭上有佛塔庙,往来题诗多矣,有妇人题云:"妾幼年侍父任英州司寇,既代归,父以大庾本有梅岭之名而反无梅,遂植三十株于道之右,因题诗于壁。今随夫之任端溪,复至此寺,前诗已污漫矣,因再书之云:'英江今日掌刑回,上得梅山不见梅。辍俸买将三十本,清香留与雪中开。'"好事者因以夹道植梅矣。《诗话总龟》卷二十

范　讽　诗

范讽自给事中谪官数年,方归济南,城西有张聪寺丞园亭,甲于历下,张邀公饮于园中,因作诗云:"园林再到身犹健,官职全抛梦乍醒。惟有南山与君眼,相逢不改旧时青。"《诗话总龟》卷二十二

杨 孺 诗

杨孺尚书以耳聋致仕，居鄠县别业。同里高氏赀厚，有二子，小字大马、小马。一日，里中社饮，小马携酒一榼就杨公曰："此社酒，善治聋，愿持杯酌之无沥。"杨书绝句与之云："数十年来双耳聩，可将社酒使能医。一心更愿青盲子，免见高家小马儿。"《诗话总龟》卷三十五

无名子嘲常秩诗

永叔在政府，将引去，以诗寄颍川常夷甫曰："笑杀汝阴常处士，十年骑马听朝鸡。"致政归颍，又赠之诗曰："赖有东邻常处士，披蓑戴笠伴春锄。"明年，夷甫起授侍讲，判国子监，有无名子改前诗，作夷甫寄永叔曰："笑杀汝阴欧少保，新来处士听朝鸡。"又云："昔日颍阴常处士，却来马上听朝鸡。"同上

李师中赠唐子方诗

唐子方以言事谪宜春监酒，待制李师中作诗赠别曰："孤忠自许众不与，独立敢言人所难。去国一身轻似叶，高名千古重于山。并游英俊颜何厚，已死奸谀骨尚寒。天意若为宗社计，肯教夫子不生还。"《诗话总龟》卷四十一

真 珠 鸡

真珠鸡生夔、峡山中，畜之甚驯，以其羽毛有白圆点，故号真珠鸡，又名吐绶鸡，生而反哺，亦名孝雉。每至春夏之交，景气和暖，颔下出绶带，方尺余，红碧鲜然，头有翠角双立，良久，悉敛于嗉下，披其毛，不复见，或有死者，割其颈臆间，亦无所睹。《诗话总龟》后集卷二十七、《渔隐丛话》前集卷二十

得志之所勿再往

陈抟被诏至阙下,间有士大夫诣其所止,愿闻善言以自规诲。陈曰:"优好之处勿久恋,得志之处勿再往。"闻者以为至言。《五朝名臣言行录》卷十

陶侃梦受杖击

陶侃梦生八翼,飞而上天,天门九重,比登其八,惟一门不得入。阍者以杖击之,坠地,折其左翼,及寤犹痛。《记纂渊海》卷二

苗振倒绷孩儿

苗振第四人及第,召试馆职,晏相曰:"宜稍温习。"振曰:"岂有二十年为老娘,而倒绷孩儿者乎?"既试,果不中选。公笑曰:"苗君竟倒绷孩儿矣。"同上卷三十七

苏易简急于进用

苏易简晚年急于进用,因召见,颇攻中书之短,遂参大政。《翰苑新书》前集卷四

丁谓衔盛度

丁谓自保信军节度使知江宁,召为参政,中书以当降麻,盛文肃为学士,以参知政事合用舍人草制,遂以制除,丁甚衔之。《锦绣万花谷》后集卷九第四页、《合璧事类备要》后集卷十五第六页

断　望　池

合浦产珠之地名曰断望池,去岸数十里,蜑人没而得蚌剖珠。蜑家自云:海中珠池若城郭,然其中光怪不可向迩,常有怪物护持。《舆地纪胜》卷一二〇第四页。按此本为《岭外代答》文,《纪胜》云:"张师正《倦游录》。"所载与此略同,故录于此。

郁林风土人才

郁林风土比诸郡为盛,良才秀士好学者多。《舆地纪胜》卷一二一第三页

三　英　诗

天圣中,礼部郎中孙晃记三英诗:刘元载妻、詹茂光妻、赵晟之母。《早梅》:"南枝向暖北枝寒,一种春风有两般。凭仗高楼莫吹笛,大家留取倚栏杆。"《寄远》:"锦江江上探春回,消尽寒冰落尽梅。争得儿夫似春色,一年一度一归来。"《惜别》:"暖有花枝冷有冰,佳人后会却无凭。预愁离别苦相对,挑尽渔阳一夜灯。"三诗:刘妻哀子无立,詹妻留夫侍母病,赵母惧子远游。孙公爱其才以取之。《竹庄诗话》卷二十二

元　稹　登　庸

元稹在私第独坐,有朱衣吏跃出,曰:"相公今日登庸。"言讫趋出,命左右追之,咸曰:"无人。"入朝,果有制命。数月,又见朱衣吏云:"今日罢相。"迟明,报出中书。《永乐大典》卷五四一第四页

般　若　台

唐陈文叔常持《金刚经》,有铜山县陈约,为冥司所追,见地下筑

台,问之,云:"是般若台。筑之待陈文叔。"《涅槃经》:"如来自金棺涌身而出,座般若台。"《永乐大典》卷二六〇三第十二页

黥　人

晋法:奴始亡,黥两眼,再亡,黥两颊,三亡,黥眼下。梁法:未断,先刻颊上作劫字。《永乐大典》卷三〇〇〇第五页

葛清遍体刺白居易诗

荆州街子葛清自颈以下遍刺白居易诗,"不是此花偏爱菊",则有一人持杯临菊丛,又"黄夹缬林寒有叶",则一树上挂缬,凡刺二十余处,人呼为"白舍人行诗图"。卢言《杂记》云:韦表微堂子流浪不归,其叔将杖之,命去衣,满身札字,有画处,左膊一树,树下一池水,字曰:"黄夹缬林寒有叶,碧琉璃水净无波。"《永乐大典》卷五八四〇第五页

判　状　赦　死

桑道茂祖为供奉,李晟为神策小将,道茂曰:"足下即贵,某三数年性命当在公手,能赦之否?"晟笑曰:"供奉见侮邪?"道茂怀中取一纸文书,具官衔姓名,云所犯罪愆,乃是逼迫,伏乞恩慈,判命全宥。晟笑曰:"遣某道何语?"道茂乞云:"准状特放。"晟为书之。后朱泚反,道茂复旧职,晟收京城,收逆徒数百人置旗下就戮,道茂大呼曰:"某有状。"取视之,乃昔年所书,晟惊寤释放,以为上客。《永乐大典》卷一〇三一〇第一〇页

徐　博　世　善　走

徐博世为皮匠,能为一缝球,晚为道士,能导引,握拳置口中,或反手抱柱,身随起而足直上。太宗召见,曰:"臣能走。"乃脱履于殿庭

走二十匹，而出入之息如故。《永乐大典》卷一二一四八第一二页

肠 痒 疾

傅舍人忽得肠痒之疾，至剧时，往往对众失笑，吃吃不止。此疾古人之所未有。《永乐大典》卷二〇三一一第一页

蝇 不 集 尸

皇祐末，洞贼侬智高陷横山塞，邕州司户参军孔宗旦白郡守陈琪，乞为之备。琪曰："智高来要招安，岂敢作过也！"宗旦知其不用，贼必东下，遂以粮料院印作移文，具陈贼状，俾沿江郡县设备。既而城陷，贼执之，宗旦叱骂不绝于口，被斫于市，时方盛夏酷热，青蝇旁午，不集其尸，贼亦异焉，命瘗之。《永乐大典》卷九一三第二一页

好 景 难 逢

好景难逢良会少。《记纂渊海》卷五十九

丧 礼

居丧之礼，近世灭裂。予尝知辰州，居与蛮獠杂居，其俗，父母丧，不啖粱盐酪飞走之肉，惟食藜实荞豆鱼菜而已，虽未合于古礼，而诸夏闾里之民不逮也。失礼则求诸野，信哉！《类苑》卷六十二原无出处，文中自称知辰州，与张师正仕履合，故录于此。

常 秩 自 经

颍上常夷甫处士自经而卒。《麈史》卷下

历代笔记小说大观总目

汉魏六朝

西京杂记(外五种) 〔汉〕刘歆 等撰 王根林 校点

博物志(外七种) 〔晋〕张华 等撰 王根林 等校点

拾遗记(外三种) 〔前秦〕王嘉 等撰 王根林 等校点

搜神记·搜神后记 〔晋〕干宝 陶潜 撰 曹光甫 王根林 校点

世说新语 〔南朝宋〕刘义庆 撰 〔梁〕刘孝标注 王根林 标点

唐五代

朝野佥载·云溪友议 〔唐〕张鷟 范摅 撰 恒鹤 阳羡生 校点

教坊记(外七种) 〔唐〕崔令钦 等撰 曹中孚 等校点

大唐新语(外五种) 〔唐〕刘肃 等撰 恒鹤 等校点

玄怪录·续玄怪录 〔唐〕牛僧孺 李复言 撰 田松青 校点

次柳氏旧闻(外七种) 〔唐〕李德裕 等撰 丁如明 等校点

酉阳杂俎 〔唐〕段成式 撰 曹中孚 校点

宣室志·裴铏传奇 〔唐〕张读 裴铏 撰 萧逸 田松青 校点

唐摭言 〔五代〕王定保 撰 阳羡生 校点

开元天宝遗事(外七种) 〔五代〕王仁裕 等撰 丁如明 等校点

北梦琐言 〔五代〕孙光宪 撰 林艾园 校点

宋元

清异录·江淮异人录 〔宋〕陶毂 吴淑 撰 孔一 校点

稽神录·睽车志 〔宋〕徐铉 郭彖 撰 傅成 李梦生 校点

困学纪闻 〔宋〕王应麟 撰 栾保群 田松青 校点

齐东野语 〔宋〕周密 撰 黄益元 校点

癸辛杂识 〔宋〕周密 撰 王根林 校点

归潜志·乐郊私语 〔金〕刘祁 〔元〕姚桐寿 撰 黄益元 李梦生 校点

山居新语·至正直记 〔元〕杨瑀 孔齐 撰 李梦生 庄葳 郭群一 校点

南村辍耕录 〔元〕陶宗仪 撰 李梦生 校点

明代

草木子(外三种) 〔明〕叶子奇 等撰 吴东昆 等校点

双槐岁钞 〔明〕黄瑜 撰 王岚 校点

菽园杂记 〔明〕陆容 撰 李健莉 校点

庚巳编·今言类编 〔明〕陆粲 郑晓 撰 马镛 杨晓波 校点

四友斋丛说 〔明〕何良俊 撰 李剑雄 校点

客座赘语 〔明〕顾起元 撰 孔一 校点

五杂组 〔明〕谢肇淛 撰 傅成 校点

万历野获编 〔明〕沈德符 撰 杨万里 校点

涌幢小品 〔明〕朱国祯 撰 王根林 校点

清代

筠廊偶笔 二笔·在园杂志 〔清〕宋荦 刘廷玑 撰 蒋文仙 吴法源 校点

虞初新志 〔清〕张潮 辑 王根林 校点

坚瓠集 〔清〕褚人获 辑撰 李梦生 校点

柳南随笔 续笔 〔清〕王应奎 撰 以柔 校点

子不语 〔清〕袁枚 撰 申孟 甘林 校点

阅微草堂笔记 〔清〕纪昀 撰 汪贤度 校点

茶余客话 〔清〕阮葵生 撰 李保民 校点